Brown Baby

Du même auteur
Bibliographie sélective

Manifeste pour la lecture, collectif, Atelier des Nomades, 2023
Un Flamboyant père Noël, Atelier des Nomades, 2020
Jace, Magik Gouzou, Éditions Alternatives, 2017
Ambroise Vollard, un don singulier co-écrit avec Bernard Leveneur, Éditions 4 Épices, 2017

L'autrice a bénéficié pour l'écriture de cet ouvrage du soutien de la Région Réunion.

La Janvrie, 53240 Andouillé, France
Rue Edgar Laurent, Curepipe, Île Maurice
ISBN : 978-2-919300-71-6

Brown Baby

Fabienne Jonca

atelier des nomades

History is not the past. It is the present.

James Baldwin

La conséquence de l'histoire unique, la voici : elle dépouille les gens de leur dignité. Elle nous empêche de voir que nous partageons la même humanité. Elle met l'accent sur ce en quoi nous sommes différents, plutôt que sur ce en quoi nous sommes semblables.

« Le danger de l'histoire unique », colloque TED,
Chimamanda Ngozi Adichie, 2009

Pour tout le monde, la vie commence là où s'arrêtent les races, les armées et les religions. Et pourtant la vie de chacun est toujours façonnée par les races, les religions et les armées, qui sont menaçantes et ont causé bien des pertes de vie.

« Ce matin, ce soir, si tôt », *Face à l'homme blanc*,
James Baldwin, 1965

À tous les enfants de la guerre

Teshima, le 15 avril 2016

Mon ange,

Me voici enfin face à la mer Intérieure. À l'autre bout du monde et pourtant à l'orée de moi-même, je me sens toujours aussi éparpillé, alors que je m'apprête à poser la dernière pièce de cet immense puzzle insoupçonné. Je me sens si près du but et déjà orphelin. Seul au monde. Le chant des vagues couvre à peine celui de mes tourments. Je voudrais me laisser emporter au large, avaler par une lame de fond, mais le ressac me rappelle à l'ordre. Toujours et encore. Lutter, ne pas baisser les bras. Avoir un objectif et chercher à l'atteindre ; quel que soit l'effort à fournir. Tous ces combats m'ont fortifié autant qu'ils m'ont usé. Se battre ! Toujours se battre ! Ne jamais ralentir de peur de perdre l'équilibre.

Combien de nuits enrouées et de lendemains désenchantés ? Combien de soleils levants, sans impression d'apaisement ? Combien de ciels d'orage sans espoir d'embellie ?

Et aujourd'hui, alors que nos cœurs battront bientôt à l'unisson, me reviennent en mémoire d'autres vertiges bien plus doux, comme celui de cette valse de Camille Claudel qui me fit perdre l'équilibre ou de ces puissants Baigneurs *de Cézanne qui m'incitèrent à me jeter à l'eau.*

Ce matin, pendant la traversée, bercé par l'onde et le ronronnement presque étouffé du moteur, m'est revenue l'image très nette de la première fois où j'ai perdu pied. C'était lors de ma première traversée de l'Atlantique. Je voyageais seul avec Rosa sur Le Liberté. *Nous allions rejoindre Charly, parti l'année précédente en éclaireur dans la Ville Lumière. Nous partagions une cabine de troisième classe avec une jeune femme et son fils qui lui ressemblait trait pour trait. Il avait à peu près mon âge et je l'aurais volontiers entraîné dans mes expéditions, s'il n'avait été si malade pendant toute la traversée. En proie à un violent mal de mer, il est resté tout le voyage allongé près de sa mère, ne se levant que pour vomir dans le petit lavabo coincé entre nos deux rangées de couchettes. Ce détail que j'avais d'abord considéré comme un luxe suprême, car à Harlem nous partagions nos sanitaires avec les voisins, devint bientôt mon pire cauchemar ; l'odeur âcre qui s'en dégageait me donna d'insupportables haut-le-cœur. Tandis que nos voisins de cabine pâlissaient à vue d'œil, Rosa, désœuvrée et inquiète, les yeux baissés sur ses mains si souvent jointes qu'on aurait pu les croire indissociables l'une de l'autre, s'adonnait à son activité favorite : égrener son chapelet.*

La sachant hors d'atteinte pour elle, j'investis sans même le lui demander la couchette supérieure, trop content de dormir seul. Cet espace, sans doute exigu, m'apparut comme un grand lit dans lequel je pouvais m'étendre en étirant les bras, ce qui me donna aussitôt l'idée de reproduire les gestes que faisaient les marins lors de l'appareillage du bateau. Étendre les deux bras du même côté ne me posa aucun problème. Cependant, quand je m'avisai de faire un mouvement de ciseaux, je ne me doutais pas que la paroi était si proche et que mon poignet allait apprendre avant moi la signification de cet éloquent sémaphore. Le lendemain matin, en découvrant mes yeux rouges et gonflés et mon poignet si douloureux, Rosa décida de me signer. Elle se pencha sur moi dans la pénombre de la cabine et commença à psalmodier. Je ne sais pas ce qui se passa ensuite. Quand j'ouvris les yeux, je fus aveuglé par une violente lumière. J'étais allongé sur une drôle de table en métal, un homme aussi pâle que sa blouse penché sur moi. Toute cette blancheur si inhabituelle m'intriguait et ma surprise se transforma en panique quand je vis que mon poignet était blanc, lui aussi. La mort m'avait-elle saisi… par la manche ? Qui était cet homme qui me regardait en souriant ? Un peu trop jeune pour être saint Pierre, c'était peut-être son assistant en charge des enfants. L'infirmier éclata de rire : « C'est donc en faisant un double ciseaux que tu t'es cassé le poignet. Tu sauras maintenant que cela signifie ATTENTION. » Comme je tentais de descendre, il me prit dans ses bras, me posa sur le sol et me passa la main dans les cheveux, avant de me confier à un employé de troisième classe, chargé de me ramener à bon port. Très grand, mince, avec une peau très foncée et des cheveux très courts, il ressemblait au souvenir que j'avais de Charly. Je ne sais pas pourquoi je me souviens avec autant de précision de cet homme, de sa fierté à servir sur ce puissant transatlantique. Je vois encore sa veste blanche tout élimée me précédant dans les coursives de plus en plus sombres et étouffantes.

De retour dans la cabine, je ne parvins pas à trouver le sommeil. Plus obsédé par tout ce que je n'avais pas vu du bateau que par ce plâtre immaculé qui contrastait avec le hâle de ma peau, je me tournais et me retournais sur ma couchette quand je fus surpris par un bruit sourd. Me penchant timidement par-dessus bord, j'aperçus, brillant dans l'obscurité, la tranche dorée du missel de Rosa. Comprenant qu'il avait dû lui glisser des mains quand elle s'était endormie, je descendis pour le ramasser et découvris des feuilles éparpillées. C'étaient en fait des petites cartes blanches, entourées d'un trait noir, sur lesquelles figuraient un portrait, des lettres et des chiffres dont le sens m'échappait car je n'avais pas encore appris à lire. L'une d'entre elles représentait un bébé. Quand je la pris pour la remettre dans le livre de prières, j'eus l'impression de me brûler les doigts. Je glissai précautionneusement toutes les petites cartes dans le livre et le reposai sur la couchette de Rosa. Profitant de son sommeil, je décidai de partir à la découverte du bateau.

Dans l'immense couloir aveugle, je croisai quelques passagers. Le regard absent, sans doute incapables de trouver le sommeil dans le brouhaha des moteurs ou de leurs pensées, ils semblaient ne pas me voir. Je me retrouvai bientôt devant le sommaire escalier métallique que j'avais descendu un peu plus tôt, et gravis les marches qui séparaient les troisième classe du pont supérieur. La chaleur étouffante et le bruit s'estompèrent. J'avançais à pas lents dans les coursives mieux éclairées, des bribes de conversations s'échappaient des portes closes. Salon de musique, bibliothèque, cinéma, piscine, chapelle… cette série de décors côte à côte aurait fait le bonheur d'un réalisateur avide de plans-séquences. J'atteignis bientôt une pièce immense. Tétanisé. Le souffle coupé. Je ne pouvais détacher mon regard des énormes colonnes dorées. Machinalement, je tentai de les compter – j'avais déjà cette manie, tu vois – les doigts de mes deux mains ne suffisaient pas. Attiré par un aimant invisible, je m'aventurai au milieu de la forêt de fauteuils rouges et m'immobilisai bouche bée en apercevant, à l'autre bout de la pièce, un immense panneau doré. Il représentait deux cavaliers au torse nu, capturant un cheval sauvage à l'aide d'un lasso. Soixante ans plus tard, je me souviens de la sensation de vertige qui m'étreignit face à cette Conquête du cheval *de Dunand, et des cauchemars qui suivirent. Révélateur de mes émotions les plus profondes, mais aussi de tout ce que j'ignorais de ma propre histoire, l'art m'a accompagné tout au long de ma vie. Et ce n'est pas un hasard, s'il guide une fois encore mes pas, vers l'inconnu. Je n'ose imaginer ce que ces* Archives du cœur *me réservent.*

Tendres baisers.
Sam

Impression, soleil levant

En débarquant au Havre, Sam n'avait d'yeux que pour les bateaux. Rosa, elle, était désemparée. Pourquoi Charly avait-il tant insisté pour qu'ils la rejoignent dans un pays dont la reconstruction était loin d'être achevée ? Ce port baigné dans un brouillard bleuté et tout ce gris qui se confondait avec ce ciel de novembre lui faisaient presque regretter le brun délavé des immeubles de Harlem. Dieu sait pourtant si son arrivée à New York avait été cauchemardesque. Son père n'avait pas eu le choix. Membre actif de la Louisiana Farmer's Union, il s'était attiré les foudres des planteurs. Il aurait voulu mettre toute sa famille à l'abri, mais ne pouvait payer qu'un seul billet. C'est sa fille qu'il avait choisie. Rosa venait d'avoir 15 ans. Arrachée à sa terre natale du jour au lendemain, elle dut son salut à Charly avec lequel elle s'était mariée l'année suivante. Elle avait mis du temps à se faire à cette vie sans soleil et sans autre horizon que des immeubles délabrés. Le soir, quand Charly partait jouer sur la *52nd Street*, barricadée dans l'appartement, elle repensait avec nostalgie à la petite église de son enfance, à Saint-Francisville. Les murs et les plafonds étaient d'un blanc immaculé, tout comme les tenues des paroissiens assis aux premiers rangs. Toute cette blancheur se confondait, la confondait. Prier et chanter étaient les deux seules choses qui la rendaient légère. Plus rien ne comptait alors. Les yeux mi-clos, inondée par un rayon de lumière qu'elle attribuait plus au Divin qu'au génie de l'architecte, Rosa n'était plus là. Rien ne pouvait l'atteindre, l'éteindre. Elle aurait bien voulu à cet instant précis se retrouver dans cette maison de Dieu.

La petite main de Sam serrant la sienne fit redescendre Rosa sur terre. Elle devait trouver la gare. Le train pour Paris. La boule qui quittait rarement son ventre était remontée dans sa gorge. Elle avait du mal à déglutir, à respirer. À New York au moins, quand elle s'était retrouvée seule après le départ de Charly, et qu'elle avait été obligée d'affronter l'extérieur, elle avait pu demander son chemin. Mais ici, dans cet autre monde, sur cette planète hostile, comment faire ? Quand elle sortit de sa torpeur, le quai était quasiment désert. Seuls quelques dockers s'affairaient encore. Rosa commençait à regretter de ne pas avoir réagi plus tôt. N'aurait-elle pas dû s'adresser à quelqu'un quand il y avait encore des voyageurs parlant anglais sur le quai, ou simplement suivre le flot, même si elle se sentait si étrangère à tous ces Blancs avec lesquels elle n'avait en commun que la langue ? Et encore, n'ayant que rarement franchi la 110e rue, elle n'en était pas tout à fait sûre. Peut-être aurait-elle pu leur emboîter le pas ?

Pouvait-elle les suivre, même à bonne distance ? Charly avait eu beau lui dire qu'ici les choses étaient différentes, qu'il n'y avait pas de ségrégation, elle ne pouvait s'empêcher de craindre que se dresse soudain devant elle ce mur infranchissable auquel elle s'était si souvent heurtée, avant de se résigner une fois pour toutes, persuadée que le salut ne viendrait pas des hommes, mais de Dieu en personne.

Rosa pensait bien que tous ces gens en file indienne allaient eux aussi à la gare, qu'ils ne pouvaient pas rester dans cette ville inachevée ; dans cet immense chantier de béton. C'était trop tard, ils étaient déjà loin. À quoi bon regretter de n'avoir pas tenté de les suivre, elle se sentait incapable de bouger, irrémédiablement amarrée au quai, perdue entre deux eaux, deux continents, deux vies.

Debout entre leurs valises solidement ficelées, Sam, un demi-sourire aux bords des lèvres, prolongeait la traversée en tanguant. Les bras tendus sur les côtés à l'horizontale et les yeux fermés pour accentuer le mouvement, il s'amusait à sentir son poids passer d'une jambe à l'autre comme dans ce jeu d'équilibre imaginé quelques mois plus tôt avec ses copains. Après un gros épisode de neige qui avait endommagé de nombreux arbres dans le parc Saint-Nicolas, les jardiniers avaient eu le droit de prendre du bois pour se chauffer. L'un des copains de Sam avait négocié avec son père un joli rondin pas très long et d'un diamètre intéressant. La bataille avait été âpre, mais il avait fini par l'emporter à condition de le restituer, son jeu terminé, pour alimenter le poêle. Il leur fallait encore une planche pour finaliser leur installation. Profitant du manque de sobriété du gardien, dont les sommes devenaient de plus en plus fréquents, l'un avait fait le guet pendant que l'autre aérait un peu plus la barrière déjà clairsemée du square. Ils avaient couché le rondin sur le sol, posé la planche perpendiculairement dessus, le *balance board* était né. Le jeu consistait à monter sur la planche, à bien répartir le poids entre ses pieds, puis, une fois que les deux côtés avaient décollé, à tenir le plus longtemps possible sans toucher le sol. Pour atteindre l'équilibre et tenter de le garder, l'une des astuces était de déployer ses bras, ce qui donnait à Sam la sensation de s'envoler. Tenir les yeux fermés était impossible, pourtant c'eût été la meilleure façon pour s'évader vraiment de ce ghetto.

« F..t p.s r.st.r-l. ! .n d..t f.n.r d. d.c.arg.r ! » Un colosse vociférant les ramena à la réalité. Rosa se dessécha sur place comme une fleur de cotonnier en manque d'eau. L'homme s'avançait vers eux en agitant les bras. Sam, du haut de son mètre dix s'interposa entre sa mère et lui. Conscient qu'il leur avait fait peur et qu'ils ne comprenaient pas un traître mot de ce qu'il tentait de leur dire, l'homme se rapprocha doucement et se pencha vers eux. Il était si grand qu'il cachait la grue derrière lui. Sam se hissa sur la pointe des pieds et reprit confiance en apercevant un grappin par-dessus l'épaule gauche de l'homme. Il eut soudain l'idée de monter sur une valise pour lutter d'égal à égal. Comme s'il avait lu dans ses pensées, l'homme s'empara de leurs deux valises d'une seule main. Sam se jeta sur lui, s'agrippa à son pantalon, parvint à saisir sa ceinture. Le géant impassible le retint de sa main restée libre et continua à avancer à grandes enjambées comme si de rien n'était. Arrivé au bout du quai, il posa délicatement leurs bagages et, brandissant sa casquette, leur indiqua une direction. Puis, sans un mot, avec un sourire, leur adressa un salut de la main, avant de faire demi-tour.

Au loin, Sam aperçut un flot de gens, un long serpent gris-bleu dans lequel il distingua bientôt la robe rouge d'une petite fille qu'il avait vue descendre du bateau. D'instinct, il sut que ce *soleil levant* dans cet océan monochrome leur indiquait la bonne direction. Il desserra avec difficulté les doigts crispés de Rosa et, avant qu'ils ne se rétractent à nouveau, glissa la poignée d'une valise dans l'une de ses mains et ses petits doigts dans l'autre.

Strange Fruit

Dans sa dernière lettre, Charly disait à Rosa qu'il ne pourrait pas les rejoindre au Havre, qu'elle ne s'inquiète pas, il serait là à leur arrivée à Saint-Lazare. Entre deux idées sombres, elle se forçait à croire que cette gare au nom prédestiné annonçait une résurrection ; si elle avait su que cette dénomination venait d'une ancienne léproserie transformée en prison, sans doute y aurait-elle vu un tout autre présage. Les mots de Charly faisaient tout pour la conforter dans l'espoir d'un monde meilleur. Il lui écrivait qu'elle se sentirait mieux à Paris, loin des chagrins et des offenses, qu'elle serait plus libre de ses mouvements. Que ce serait bien pour Sam, il pourrait aller à l'école, se faire des amis. Pour la tranquilliser, si tant est que ce fût possible, il lui disait qu'il devrait avoir un nouveau logement, tout près du Montana, le club où il jouait maintenant presque tous les soirs. Il n'avait pas oublié de mentionner la vieille église en pierre (« comme tu n'en as jamais vu ») qui se trouvait juste au coin de la rue. Il terminait en lui rappelant combien ils lui manquaient et insistait sur son impatience à les retrouver. C'était la plus longue lettre qu'il lui avait écrite en un an et demi, prenant soin d'égrener au fil des lignes les perspectives les plus rassurantes pour lui donner la force de le rejoindre. Rosa l'avait lue et relue des dizaines de fois sans parvenir à se rassurer tout à fait. Bien que Charly, persuadé qu'ils seraient enfin ici des citoyens à part entière et non de seconde classe comme dans leur pays, lui ait parlé de Paris avec exaltation à maintes et maintes reprises lors de son retour à New York, cette ville n'évoquait guère pour elle que l'inconnu. Non pas cette *terra incognita* attisant la curiosité de voyageurs téméraires, plutôt une terre hostile la poussant plus avant dans l'exploration de ses propres ténèbres. À quel saint se vouer dans une ville qui un quart de la journée avait déjà un jour d'avance ? Ce décalage dans le temps et l'espace l'effrayait, mais sans travail, sans argent et avec cet enfant, avait-elle d'autre choix que de rejoindre son mari à l'autre bout du monde ?

Comme Rosa le craignait depuis qu'il avait pris cette invraisemblable décision de s'installer en France, les choses commençaient mal. Pas de Charly à l'arrivée à Saint-Lazare ! Que s'était-il passé ? Avait-il eu un accident ? S'était-il fait renverser sans que personne ne s'occupe de lui ? Avait-il refusé de laisser sa place dans le bus ? S'était-il fait agresser, arrêter ? Était-il malade ? Agonisant quelque part ? Jamais à court d'idées quand il s'agissait d'imaginer le pire, elle s'affala sur un banc, sortit machinalement son chapelet de son sac et, les yeux mi-clos, se mit à prier.

Assis à ses pieds, Sam écarquillait les yeux devant toutes ces fourmis blanches s'échappant des quais ; procession d'ouvrières quittant la fourmilière en quête de nourriture. Les trains se succédaient à une cadence infernale. Maîtres du temps et de l'espace, des employés des chemins fer tournaient les aiguilles des horloges de bout de quai et changeaient les panneaux indiquant horaires, destinations et provenances. La grosse horloge suspendue à la verrière égrenait les secondes au rythme du temps universel. Fasciné par sa grande aiguille, Sam intégra son rythme, se fondit dans le mouvement et le commanda du regard. Il aurait voulu qu'elle accélère sa course encore et encore jusqu'à s'envoler ; que le temps n'ait plus cours. Il aspirait à la *dé-mesure*. Il aurait ainsi pu revenir en arrière, retrouver ses copains au parc Saint-Nicolas, ou être projeté bien plus tard, ailleurs, parlant toutes les langues du monde comme dans ce rêve qu'il faisait souvent.

Le doux parfum qui lui chatouillait le nez fit revenir Sam ici et maintenant. Il émanait d'une corbeille en osier qu'un serveur en tablier blanc venait de poser sur la table d'à côté avec une petite tasse blanche. Sam ferma les yeux et inspira profondément pour profiter pleinement de l'odeur de croissant. Cet enivrement décupla sa faim ; ils n'avaient pas mangé depuis la veille au soir, et son estomac le lui rappelait douloureusement. Se tournant vers sa mère, il croisa son regard toujours absent et n'osa pas l'interrompre dans ses prières, il se résolut donc à rejouer avec la pendule en se concentrant de toutes ses forces pour la faire avancer vers l'heure du prochain repas et, avant tout, vers l'arrivée de leur sauveur.

La grande aiguille avait presque fait un tour, avec ou sans l'effet de la concentration de Sam, quand son père apparut. Il était encore plus grand que dans son souvenir ; peut-être que les adultes grandissaient eux aussi, finalement. En tout cas, il n'avait rien remarqué jusque-là, ni sur les parents de ses copains, ni sur sa propre mère avec laquelle il lui semblait même que sa différence de taille s'amenuisait inexorablement. À bien y réfléchir, c'était peut-être possible qu'ils grandissent, puisque l'inverse se produisait. Il lui semblait en effet que la vieille dame du rez-de-chaussée rapetissait de jour en jour. Le sourire de son père et le contact de son immense main dans les boucles de ses cheveux lui firent monter les larmes aux yeux. Contenant toute sa gratitude de pouvoir enfin lâcher prise, elles débordèrent, disant les mots que ses lèvres étaient incapables de prononcer : *merci d'être là, d'être arrivé, revenu, apparu, merci pour ton sourire, pour tes regards, pour tes gestes de tendresse, tes mots, ta joie de vivre…*

Quand Charly prit Rosa dans ses bras, Sam eut l'impression qu'elle allait disparaître, elle lui parut soudain si petite, si frêle, si fragile. Blottie contre ce torse puissant qu'elle atteignait à peine, fugace neige de printemps, elle fondit en un instant. Les forces reprenaient leur équilibre. Sam retrouvait sereinement sa place d'enfant. Le cœur enfin léger, il tendit le bras pour attraper la main gauche de son père et, après avoir saisi celle de sa mère, les rapprocha l'une de l'autre pour sceller cet instant si précieux où ils redevenaient une famille. C'est à ce moment précis que l'orage éclata. Les pupilles de Rosa se transformèrent en deux flèches acérées émergeant soudain de l'océan de ses yeux pers. Transfigurée, tendue comme une arbalète à la vue d'une pomme, elle foudroya Charly du regard. Elle se hissa sur la pointe des pieds, saisit le revers de sa veste et, presque à hauteur de son visage, lui décocha une salve de questions : « *Why ? Where is it? What did you do with it? I should have known! To think I trusted you. I crossed the sea for you. What am I going to do**? » Sam n'imaginait pas qu'une telle fureur pût se cacher derrière son masque de mélancolie. Elle toujours si discrète, si retenue, si silencieuse... Il ne comprenait pas ce qui avait pu déclencher cette soudaine colère. À l'incompréhension succéda la honte. Happés par le flot de l'heure de pointe, quelques employés de bureau pressés jetaient un coup d'œil plus ou moins discret à cette famille de Noirs se donnant en spectacle. Peut-être en feraient-ils leur miel dès l'arrivée au bureau, à moins qu'ils ne préfèrent attendre l'heure du déjeuner ou celle du dîner en famille ; Charly ne dou-

* « Pourquoi ? Où est-elle ? Qu'est-ce que tu en as fait ? J'aurais dû m'en douter ! Quand je pense que je t'ai fait confiance. J'ai traversé la mer pour toi. Qu'est-ce que je vais faire ? »

tait pas le moins du monde que cette image volée allait nourrir leurs conversations. Même s'il ne remettait pas une seconde en question son choix de vivre en France, il savait que la ségrégation pouvait prendre ici des formes tellement plus insidieuses que dans son pays, où elle était encore régie par des lois et étalée au grand jour dans bien des endroits. Ici, pas d'écriteaux WHITE ONLY, le racisme ne s'affichait pas de façon aussi ostentatoire, mais il était bien présent. Il en avait fait plus d'une fois l'expérience ; la dernière étant celle qui lui valait indirectement cette scène. Voyant Rosa fixer son annulaire gauche, il avait compris l'origine de sa colère et n'avait pas trouvé la force de la contenir. Il l'enviait même de pouvoir l'exprimer, bien qu'elle attirât tous les regards sur eux ; *strange fruits* égarés au cœur de cette marée blanche.

L'ayant lâché et repoussé d'un geste violent, Rosa continuait à le bombarder de questions, tant et si bien qu'il n'était toujours pas parvenu à placer un mot. Ce n'est que lorsqu'elle s'affala sur le banc qu'il put enfin tenter une explication, d'une voix étonnamment calme et éteinte : « *It's not what you think. I had no other choice. Let me explain**. »

* « Ce n'est pas ce que tu crois. Je n'avais aucun autre choix. Laisse-moi t'expliquer. »

Rhapsody in Blue

Charly avait eu lui aussi plus d'une fois envie de hurler quand, cherchant une chambre en prévision de leur arrivée, il s'était heurté à des dizaines de refus. Il avait entendu toutes les excuses les plus invraisemblables, du « nous préférons une famille nombreuse » – dans quinze mètres carrés, c'était logique – à « ma femme n'est pas d'accord » – comme si vous teniez compte de son avis. Certains ne se donnaient même pas cette peine ; ni excuse ni justification, un simple regard en disait long sur leur mauvaise surprise en ouvrant la porte. Le salut était finalement venu de Wiktor, le barman du Montana, qui avait intercédé pour lui auprès d'un habitué du club : Henri, un riche héritier, féru de cinéma, qui passait ses soirées accoudé au bar à observer les clients et à leur donner des noms d'acteurs ou de personnages de film. Quoi qu'il en soit, Henri, qui avait le barman à la bonne, avait accepté de louer la chambre à Charly sous réserve de garanties qu'il ne pouvait lui offrir. Wiktor avait bien essayé de l'amadouer avec des arguments auxquels il le savait sensible, dont quelques Black Russians bien tassés – un comble pour le barman polonais – mais le jeune rentier lui avait expliqué qu'il ne pouvait faire autrement. Tout comme l'appartement où il vivait, cette chambre vide depuis des années appartenait à sa famille. Il avait persuadé son oncle qui gérait leurs biens de la louer à Charly sans lui donner plus de détails sur le locataire, lui précisant simplement qu'il s'agissait d'un ami à lui. Loin de juger cela comme une garantie suffisante, étant donné la vie selon lui dissolue de son neveu, l'oncle avait cependant accepté. En exigeant trois mois de loyer d'avance. Trois mois ! Une fortune ! Charly avait bien économisé sur ses cachets et pourrait peut-être demander une avance au propriétaire du club et trouver un travail de jour, quoi qu'il en soit, il n'aurait pas le temps de réunir une telle somme. Wiktor s'était proposé de lui donner un petit coup de main, mais tout cela mis bout à bout ne suffirait pas. Les jours passaient, Rosa et Sam allaient arriver, il lui fallait absolument cette chambre, il dut donc se résoudre à contrecœur à recourir à la solution suggérée par son ami.

Après avoir fini de jouer, Charly resta au club jusqu'à la fermeture, ce qui n'était pas dans ses habitudes. Il se sentait protégé dans l'atmosphère enfumée de ce no man's land où se côtoyaient presque indistinctement Noirs et Blancs. Le dernier client parti, il attendit que Wiktor ait *fini son bar*, temporisant encore un peu avant d'affronter l'extérieur. L'air frais et le silence lui faisaient du bien, sans parvenir à l'apaiser totalement. Parmi la myriade de questions qui lui traversaient la tête, une ressurgissait sans cesse : avait-il fait le bon choix ? Cette idée arachnéenne avait tissé sa toile depuis des jours et des jours. Charly s'en voulait de l'avoir laissée s'installer, de s'être fait prendre au piège. Si combatif et positif d'habitude, il était prêt à baisser les bras quand le chant d'un oiseau annonçant l'heure bleue le tira de son voyage au bout de la nuit. Les canons dissonants d'une dizaine d'étudiants éméchés qui avaient dû jouer les prolongations à La Palette le ramenèrent totalement à la lumière. Il décida de faire un crochet par Le Chat qui pêche pour saluer Mme Ricard, à laquelle il vouait une gratitude éternelle. Elle l'avait pris sous son aile, l'invitant à jouer et l'hébergeant dans l'appartement qu'elle gardait au-dessus de son club. Sans le Petit Moineau, comme on l'appelait affectueusement, il ne serait sans doute plus à Paris aujourd'hui.

La rue de la Huchette était déserte. Les rires ébréchés d'une poignée de noctambules éméchés le firent sursauter : « Tu broies du noir, mon gars ? » s'esclaffa l'un d'eux. « T'as mal supporté ta nuit blanche ? » brailla un autre en éclatant d'un rire gras. À quoi bon relever, ici comme là-bas, c'était au fond la même musique, une blanche valait deux noires et seul un silence pouvait avoir raison un temps de cet ordre des choses. Serrant ses poings au fond des poches, Charly passa son chemin sans les regarder. La grille du Chat qui pêche était fermée. Son heure avait sonné, il était temps de traverser la Seine, cette frontière qu'il dépassait rarement. Jusqu'à Notre-Dame, il était en terrain plus ou moins connu. Il était déjà entré deux fois dans la cathédrale pour mettre un cierge et prier pour Rosa. C'était si important pour elle. Lui ne savait pas trop où il en était avec Dieu, il lui arrivait de prier, mais il n'était pas allé à la messe depuis son arrivée à Paris. Il se signa en passant devant la cathédrale. Quand il aperçut la Seine, son angoisse un instant endormie se réveilla et le replongea dans la confusion. À quoi bon se précipiter. Il aurait voulu que ce moment soit éternel, que ce futur proche empreint de regrets ou pire de remords n'advienne jamais. Il emprunta l'allée centrale du marché aux fleurs. C'était l'heure du café et le début de la litanie quotidienne contre les conditions de stationnement, les prix, les clients irrespectueux... Comme sur tous les zincs parisiens cet été-là, c'était la grève qui occupait l'essentiel des conversations.

– C'est à cause de la décolonisation. Faut bien trouver du pognon quelque part. Alors l'État tape sur ses employés, lança l'un des plus âgés.

– Pas que. Tout le monde en prend pour son grade. Les salariés du privé, les anciens combattants, les retraités... La maison ne fait pas d'jaloux, répondit du tac au tac sa voisine.

– Oh, t'es toujours du genre à charrier dans les bégonias !

– Monsieur trouve que j'exagère. Et 4 millions de grévistes, t'appelles ça comment, toi ? Une réunion de famille ?

– Il va battre des records d'audience ce soir à la radio, le Général, glissa un jeune apprenti.

– À l'applaudimètre, mon grand, c'est pas gagné qu'il remporte le radio-crochet ! Surtout qu'ils sont partis pour un second train de décrets.

– Ils ont raison, faut bien faire bouger les choses. Le pays est à l'arrêt. Plus d'gaz, plus d'électricité, plus d'charbon, passe encore, c'est l'été. Plus d'courrier, la bonne excuse pour ceux qu'aiment pas envoyer des cartes postales... Plus de bus, plus d'métro. Y a plus qu'la RATPieds... J'en ai marre d'venir à pinces.

– À pinces... Monseigneur aurait voulu un carrosse ?

Le sens de ces paroles fleuries échappait totalement à Charly qui, tout à ses pensées, jeta un dernier coup d'œil à une jolie botte de myosotis qu'il offrit en pensée à Rosa. Quelques mètres plus loin, il se baissa pour ramasser dans le caniveau un lys décapité. En l'épinglant au revers de sa veste, il eut un pincement au cœur à la vue de son alliance, mais l'heure n'était plus aux hésitations. Sa montre lui intimait l'ordre de reprendre sa route. Sous l'effet de la chaleur, les ordures qui s'accumulaient dans les rues depuis le début de la grève commençaient à sentir vraiment mauvais. Il se pencha vers le lys pour le respirer et s'aperçut que sa veste était maculée de poussière jaune. Il souffla dessus, puis tenta de l'épousseter d'un revers de main qui laissa une traînée de poudre sur le tissu. Il jeta la fleur coupable par-dessus le parapet et la regarda un instant s'éloigner, emportée par le courant.

Sans les explications de Wiktor, Charly aurait sans doute eu beaucoup de mal à trouver la rue des Francs-Bourgeois. S'il était à présent familier des petites rues de Saint-Germain-des-Prés, sorti de ce périmètre, il manquait de repères. Lui qui avait toujours vécu à Harlem ne pouvait s'empêcher de raisonner en *blocks*, et leurs formes pour le moins variables ici le déroutaient. Il longea l'austère façade du 25 avant d'atteindre la grande porte en bois flanquée de part et d'autre de « Liberté, Égalité, Fraternité ». S'ils le remplissaient d'espoir, ces mots faisaient cependant écho à l'angoisse légitime d'être une fois encore trahi par une devise ne tenant pas ses promesses. Son propre pays ne revendiquait-il pas « *E Pluribus Unum* * » tout en continuant à discriminer une partie importante de sa population ? Il franchit le porche et entra dans une grande cour déserte. Un homme à la peau diaphane, vêtu d'un tablier bleu trop grand pour lui, balayait énergiquement les pavés. Charly s'approcha de lui en tentant de sourire.

* « De plusieurs, un ». Devise des États-Unis jusqu'en 1956, en référence à l'intégration, en un seul pays, des 13 colonies américaines et par extension, plus tard, à la nature pluraliste de la société américaine issue de l'immigration.

La tête toujours baissée, l'homme ne broncha pas, il était manifestement sourd et ce n'est que lorsque Charly, qui le dominait d'une bonne tête, fut à sa hauteur qu'il sursauta. Alors, sans même attendre une question, il lui indiqua du menton une petite porte au fond de la cour.

En arrivant au guichet, Charly ne put s'empêcher de triturer de plus en plus nerveusement son alliance. Ses mains étaient moites, l'anneau glissait entre ses doigts. Avant même de s'adresser au préposé, il enleva sa bague et tourna la tête vers le mur pour l'embrasser une dernière fois. Il serra les dents, déglutit avec difficulté, puis respira un grand coup et se retourna. L'homme derrière la vitre avait la tête baissée et ne la releva que lorsque Charly le salua. Il l'accueillit avec un demi-sourire et lui tendit la paume de la main, en évitant de le regarder dans les yeux, non pas qu'il fût timide ou dédaigneux, c'était juste sa façon à lui de se protéger. Souvent déstabilisé par les cas désespérés auxquels il était confronté depuis son embauche quelques mois plus tôt, le jeune homme s'était vite rendu compte qu'il lui fallait trouver une parade pour éviter qu'ils ne se transforment en insomnie ou en cauchemar. Si certains *emprunteurs* s'abstenaient de tout commentaire, d'autres au contraire, ayant besoin de se justifier ou tout simplement de parler un peu, avaient tendance à s'épancher. Aussi variées fussent-elles, les situations étaient toujours très tristes : un décès, une rupture, une perte d'emploi, une maladie, une faillite… La vie ne manquait pas d'imagination et la liste de ses accidents était malheureusement longue. Le plus terrible, pour lui, ce n'étaient pas les récits eux-mêmes, c'était la déception qu'il pouvait lire dans un regard quand il annonçait le montant de la contrepartie ou, pire, quand il devait rendre sur-le-champ, la mort dans l'âme, un objet ne présentant aucune valeur financière. Si la valeur sentimentale avait eu cours, il aurait été heureux de remettre à chacun une bonne fortune. Son rôle était cependant clairement défini, il devait réceptionner des objets, les évaluer selon une grille de tarifs établie et remettre la somme correspondante à la personne, après lui avoir expliqué ou rappelé le principe et le délai d'un an pour venir reprendre son bien, si elle était en mesure de rembourser le prêt consenti. Il avait conscience qu'il donnait régulièrement un coup de pouce et un peu d'espoir à tous ceux auxquels il accordait un prêt, mais il ne pouvait s'empêcher d'être hanté par ceux auxquels il n'avait pu répondre favorablement. Il aurait préféré être affecté aux retours, remettre aux gens les objets qu'ils avaient gagés, leur rendre ce que la vie leur avait demandé de sacrifier un temps. Pour l'heure, il était en première ligne et tentait de faire de son mieux. Aussi, quand il demanda à Charly de combien il avait besoin et qu'il put lui faire un prêt un peu plus élevé que la somme requise, il fut à demi soulagé. Mais croisant son regard, il put y lire tout le désespoir d'avoir à se séparer de son alliance.

La Nuit étoilée

Pour entrer, il fallait ouvrir la porte en grand, franchir le dégagement – un espace carré correspondant à la largeur d'une porte – mettre un pied dans la cuisine, puis refermer la porte d'entrée pour pouvoir accéder à la chambre. Cette pièce de trois mètres sur trois disposait d'une fenêtre donnant sur le pignon de l'immeuble voisin et d'une lucarne de toit. La cuisine, luxe suprême dans une chambre de bonne, était dotée d'un robinet branlant pendant au-dessus d'un vieux timbre grisâtre faisant office d'évier, de lavabo, de lavoir, et parfois d'urinoir pour les envies les plus pressantes, quand les W.-C. du palier étaient occupés.

Sam avait très vite trouvé son coin, le renfoncement de la fenêtre de la chambre était devenu sa cabane à rêves. Il y jouait en silence, pendant que son père dormait. Les deux petits bouts de bois que lui avait offerts son meilleur ami juste avant le départ servaient systématiquement de base à ses constructions. Il avait complété sa panoplie en ramassant quelques bâtons et de belles feuilles dans le square voisin lorsque Charly les avait emmenés faire un tour. Malheureusement, les feuilles avaient vite séché, elles ne se pliaient plus à ses envies et se brisaient, l'obligeant à faire évoluer certains de ses projets. Il attendait avec impatience que son père les *sorte* à nouveau. Il avait bien compris qu'il était le seul sésame vers l'extérieur – Rosa ne s'était pas encore risquée dehors sans lui. Depuis le début, son espace à elle semblait réduit à la cuisine, et son rituel immuable. Avant même que Charly ne rentre du club, Sam la sentait se glisser hors du lit. Il percevait les brefs craquements du parquet, devinait un rai de lumière quand elle ouvrait la porte de son refuge, il se retournait alors vers le mur pour trouver un peu de fraîcheur et, bercé par ses litanies, se rendormait au son de leur invariable « *pray for us* ». Quand il se réveillait, son père, qui l'avait remplacée à ses côtés, dormait à poings fermés, malgré la chaleur de plomb régnant dans la chambre. Sam se levait sans bruit et, s'appuyant sur le mur, se faufilait dans la cuisine en entrebâillant la porte. Plongée dans ses prières ou assise face à la fenêtre, le regard perdu en direction du ciel, sa mère semblait revenir un instant sur terre quand il passait ses bras autour de son cou. Elle le prenait alors contre elle et l'embrassait avec tendresse. Puis elle se campait devant le réchaud, dos à lui, pour préparer son petit déjeuner. Il mourait d'envie de lui poser des questions, mais sa mère, déjà peu bavarde quand ils s'étaient retrouvés en tête-à-tête à New York, était devenue muette à Paris, et son regard, ultime barrage à la conversation, était désormais presque immuablement dans le vague.

À quoi bon *sauter la mer**, pour une vie plus amère ? Serait-il possible de refleurir dans une terre si loin de ses racines ? Elle qui n'avait jamais rêvé d'ailleurs avait fini par se réfugier dans cet exil intérieur.

À des années-lumière de cet état d'esprit, Sam piaffait d'impatience, il mourait d'envie d'explorer ce nouveau monde, de trouver de nouveaux repères, d'inventer de nouveaux jeux avec ses complices du quotidien. Prisonnier du silence de sa mère et de cette *small box* perchée au septième étage, il avait hâte que son père se réveille. Il commençait à étouffer entre ces quatre murs surchauffés, il avait besoin d'un vis-à-vis, d'un peu de vie, d'un grand bol d'air que la fenêtre de la cuisine, fût-elle grande ouverte, ne lui offrait pas. Il avait beau se hisser sur la pointe des pieds, il ne voyait que le ciel, même le paysage se dérobait à lui. Alors ce matin-là, quand Rosa sortit aux toilettes, il approcha la chaise de la fenêtre et grimpa dessus. Il resta bouche bée devant cet océan de toits, cette mer grise, immense, ses vagues à perte de vue chutant le long des façades ou s'écrasant sur de petits murs blancs surmontés de mini-chapeaux rouges. Il se mit à glisser sur l'un de ses toboggans de zinc, à jouer à cache-cache derrière les murets, à grimper aux échelles et, une fois près du ciel, il devint un instant maître du temps, non pas de celui qui passe, mais de celui qu'il fait. Soufflant sur les nuages, il refit le beau temps et, pour le rendre supportable, chu-

---

* En créole réunionnais : « quitter l'île pour aller ailleurs, au-delà de la mer ».

chota au soleil de reculer un peu. Enthousiasmé par son pouvoir, il grimpa sur le rebord de la fenêtre et, tout au paysage, se pencha encore pour voir un peu plus bas. Un pigeon fonça sur lui, son pied gauche glissa, entraînant sa main droite qui lâcha prise. Le chéneau rouillé n'aurait été d'aucun secours sans la main géante qui le rattrapa au vol. C'était celle de son père qui venait à peine de se réveiller et qui, avec un doux sourire, lui dit d'une voix calme : « Icarus, c'est un peu tôt pour s'envoler. »

Le prenant sous les aisselles, il le posa délicatement sur le banc.

– On va prendre l'escalier pour aller faire un tour, c'est sans doute plus long, mais c'est nettement plus sûr.

– C'est vrai, on va sortir ? s'enthousiasma Sam.

– Tu as besoin de prendre l'air. On va aller se promener avant que je retourne au club. J'étais justement en train de lui dire qu'on allait sortir, continua Charly en se tournant vers Rosa qui venait d'entrer. Ça nous fera du bien à tous, et puis il faut que vous appreniez à vous débrouiller sans moi, ajouta-t-il en tentant de la prendre par la taille.

Le regard de Rosa, déjà passablement triste, s'assombrit encore.

– Pas de panique, *Sweetheart*, je ne vais pas partir. Mais tu ne vas pas rester enfermée toute ta vie.

Rues étroites, terrasses de café, église en vieilles pierres, immeubles aux couleurs claires, fontaine, petit kiosque, square, drôles de bus ouverts à l'arrière, petites voitures fermées ou décapotables... tout émerveillait Sam. Il impressionnait avidement sa pellicule mentale, clignant des yeux pour saisir chacune des images qu'il prendrait soin de développer le soir en s'endormant. Rosa, quant à elle, ne comprenait vraiment pas ce que Charly trouvait à cette ville. Bien plus que le décor, c'était la présence exclusive de Blancs qui l'oppressait. Si Harlem lui avait permis d'oublier un temps sa couleur de peau, elle se sentait ici encore plus en danger que pendant son enfance en Louisiane. Sans repères, tout l'effrayait. Quand Charly s'arrêta devant un magasin et qu'elle comprit qu'il avait l'intention d'y entrer, elle eut un mouvement de recul. Elle scruta machinalement la vitrine à la recherche d'un panneau réglementant l'entrée ou la lui en interdisant et tomba sur le mot « pain* ».

Elle resta sur le trottoir tandis que Charly entraînait Sam dans la boulangerie. La jeune vendeuse le salua d'un chaleureux « Bondjour » et, se penchant vers Sam, lui adressa un « *Hello, Boy* » avec un sourire si lumineux que ses grands yeux verts lui parurent transparents. Il les fixa tout le temps qu'elle servit Charly en échangeant avec lui quelques mots dans une langue qui lui parut très douce. Toujours médusé, Sam lui adressa un « Au revoooir » confiant, auquel elle fit écho. Revigoré par cette escapade et les poches pleines de trésors, Sam se mit à courir dès

* « Douleur », en anglais.

qu'ils arrivèrent rue Saint-Benoît. Il franchit le porche en sautillant et s'arrêta net. Un petit garçon accroupi près du parterre d'iris jouait avec des billes. En un clin d'œil, il comprit le jeu. Les gestes révélaient d'eux-mêmes la règle. Viser. Dégommer. Se réjouir d'avoir atteint sa cible ou retenter sa chance. Recommencer encore et encore, non pas en analysant sa technique, mais en croyant en sa bonne étoile et, surtout, en cherchant à retrouver la sensation de joie que procure le coup réussi. Le réconfort qu'on en tire. Pouvoir se dire : « *Yes, I can.* » Le petit garçon, de dos, continuait à viser et accompagnait chaque lancer d'onomatopées évoquant des tirs. Sam avançait vers lui lentement pour ne pas l'effrayer quand une voix retentit : « *Nino, na mesa.* À table ! » Le petit garçon fit encore deux ou trois lancers, puis rassembla billes et objets qu'il glissa dans un sac en vichy bleu et blanc. « Hey ! Hey ! » cria Sam en se précipitant vers lui pour ramasser une figurine qui venait d'échapper à l'ouverture du sac. Nino sursauta, posa sa main sur son cœur pour en calmer les battements, puis la tendit paume ouverte vers Sam qui y déposa le petit soldat. Ils échangèrent quelques mots sans se comprendre et se quittèrent dans un sourire.

Sam se recroquevilla et garda les yeux fermés pour mieux remonter le cours de son rêve et en connaître l'issue : Nino, debout face à lui, tenait son sac en vichy. Il y plongeait la main gauche et en sortait une espèce de bûchette ivoire qu'il mettait dans sa bouche. Il en prenait une deuxième, puis une troisième. Il mâchait un peu avant de se mettre à parler dans une langue inconnue ponctuée de trois mots d'anglais. Son regard s'éclairait. Sam fixait ses lèvres, fasciné. Nino, tout excité, lui tendait le sac en articulant une phrase de laquelle émergeaient les mots « *try* », « *magic* », « *word* » ou « *world* » – Sam n'était pas sûr du dernier à cause de la prononciation de son nouvel ami. Il glissait à son tour la main dans le sac, en sortait deux bûchettes qu'il gobait. Il prononçait une phrase... tout en anglais. Nino, un peu déçu, lui tendait à nouveau le sac et lui faisait signe de mâcher. Il mâchait longuement, avant de prendre la parole. Quatre mots jusque-là inconnus et soudain familiers sortaient de sa bouche : « nuage », « lèvres », « couleur », « secret ». Non seulement il parvenait à les prononcer sans encombre, mais il en comprenait aussi le sens. Au fur et à mesure de leur jeu, il reconnaissait quelques mots qu'il avait piochés, dans la drôle de langue que parlait Nino. Il fixait sa bouche, attentif au moindre mouvement et au son correspondant. Il buvait ses paroles, se laissait pénétrer par sa langue. Il cherchait ses mots... quand un grand coup de coude finit de le réveiller. Il eut beau tenter de fermer les yeux pour retrouver le fil, sa mère ne lui laissa aucun répit. Elle se tournait et se retournait dans le lit, incapable de trouver sa place et empiétant de plus en plus sur la sienne. Il lui parla mais, sans réponse de sa part, comprit qu'elle dormait. Incapable de faire de même, il se coucha sur le dos, les yeux rivés sur la lucarne. Une brume citronnée atténuait la lumière de la lune pour préserver l'éclat des étoiles, lointaines lanternes agitées par les vagues d'un ciel outremer tourmenté. Ses paupières semblaient enfin prêtes à le rendre à la nuit, quand il aperçut une étoile filante et fit le vœu d'un jour parler toutes les langues du monde.

Sometimes I Feel Like a Motherless Child

« Képi », « barque », « éléphant », « forêt »... Sam adorait inventer des histoires en associant les étiquettes accrochées aux murs de la classe. Mettant son képi sur sa tête, l'éléphant prenait sa barque pour remonter le fleuve traversant la forêt. Ou encore : se promenant dans la forêt, l'éléphant trouvait une barque échouée et, apercevant juste à côté un képi, partait à la recherche de son propriétaire... Assis au dernier rang, il avait tout loisir de regarder ailleurs sans être vu. Il essayait bien de se concentrer pour tenter de comprendre ce que disait le maître, mais après la récréation son esprit déjà fatigué commençait à vagabonder. Il avait beau, au fil des jours, reconnaître de plus en plus de mots dans la bouche de son instituteur, le sens général lui échappait encore, et rester les bras croisés sur son pupitre l'ennuyait. Il avait la sensation d'apprendre plus de mots utiles en jouant avec Nino ou en parlant avec la boulangère qu'à l'école.

Un matin, le maître leur demanda de recopier la série de mots qu'il avait calligraphiés avec soin pour chacun d'eux la veille au soir. Sam prit comme d'habitude sa plume dans la main gauche. Comme il était assis sur la droite du pupitre, son coude heurta celui de son voisin, qui explosa et le poussa violemment, renversant au passage son encrier sur le cahier de Sam. M. Roland sauta de son estrade et, sans chercher à comprendre, les attrapa tous les deux par une oreille et les mit chacun dans un coin de la classe. Territoire des marges auquel les premiers de la classe tournaient ostensiblement le dos, le dernier rang devint le point de convergence de tous les regards avant que M. Roland ne regagne sa place devant le tableau. Debout, les mains derrière le dos, comme l'exigeait le règlement, Sam fixait le mur blanc face à lui. Il tentait de reconstituer la scène, d'assembler les morceaux du puzzle. De quoi l'accusait-on, au juste ? D'une petite tache sur le cahier de son voisin abonné aux ratures ? Bousculé, puis puni. Quelle étrange sentence ! Il ferma les yeux pour essayer de ne pas pleurer. Peu à peu, le désarroi fit place à l'impatience, bientôt trompée par un fascinant ballet de fourmis se réfugiant dans une fissure dont il fit lui aussi son terrain de marronnage. Il était déjà loin au fond de la ravine quand la voix de son maître, couvrant les prémices d'envol de ses camarades, le ramena à la réalité : « On n'est pas à l'église, messieurs, c'est moi qui annonce l'heure de la sortie, pas la cloche. Mettez-vous en rang et sortez dans le calme ! » Et, couvrant le brouhaha d'une voix autoritaire : « Lelueur et Hugues, à mon bureau ! » Sam allait emboîter le pas de ses camarades, quand retentit un tonitruant : « Monsieur Hugues, *I wait you.* » Il comprit alors que cette injonction s'adressait à lui, sans pour autant faire le rapprochement avec son nom de famille, vu la prononciation de « Hughes ».

Le visage métamorphosé de M. Roland lui fit peur. Les lignes habituelles s'étaient brisées, effaçant tous ses points de repère. Ses sourcils se rejoignaient presqu'au-dessus de son nez pour former un « V ». Sa bouche si expressive, donnant habituellement forme aux mots et couleur aux voyelles, semblait verrouillée par des lèvres pincées. Ses yeux brillaient des feux de la colère. Sam se raidit, il était incapable de bouger, son sang, figé dans ses veines, rigidifiait son corps. Il se sentait coupable. Il ne savait pas de quoi, mais il allait bientôt l'apprendre.

« Alors, que s'est-il passé ? Pourquoi tout ce grabuge ? ». Encore énervée, la présumée victime qui avait ruminé sa vengeance tout l'après-midi, lui répondit du tac au tac : « Il a pris sa plume de la mauvaise main et m'a donné un coup de coude. À cause de lui, j'ai plein de taches noires sur mon cahier. » Et, sardonique, il crut bon d'ajouter : « C'est comme s'il avait déteint dessus. » N'ayant pas compris les propos de son camarade et voyant le visage de leur instituteur s'assombrir davantage, Sam se raidit pour affronter l'orage qui l'attendait. M. Roland inspira si profondément qu'il eut la sensation de manquer d'air, comme si son maître avait pris tout l'oxygène de la classe. Contre toute attente, le cyclone s'abattit sur Leluеur, qui fut le plus surpris des deux : « Qu'est-ce qui vous énerve le plus, Lelueur ? Qu'il vous ait touché sans le faire exprès ? Ou qu'il soit différent de vous ? J'ignore ce qui se dit chez vous, mais retenez bien que dans ma classe, comme dans notre pays, d'ailleurs, nous sommes tous des *citoyens* sans distinction d'origine, de race ou de religion. Que je ne vous prenne plus à tenir de tels propos. Et quand vous sortirez d'ici, je vous demande de bien réfléchir à ce que je viens de vous dire. » Lelueur, l'air renfrogné, allait se précipiter. Le maître le retint : « Mais avant toute chose, vous allez vous excuser auprès de votre camarade. »

Sam ne comprenait pas tout ce qui s'était dit. Il était cependant évident que Lelueur passait un sale quart d'heure et que son tour allait bientôt venir. Il regardait fixement le sol, creusant un trou pour mieux y disparaître. Quand Lelueur s'avança vers lui, il fit un pas en arrière, prêt à esquiver un nouveau geste malveillant. Son camarade l'air renfrogné finit par lâcher un « 'scuse-moi » quasi inaudible. « Et maintenant, serrez-lui la main ! » L'autre se redressa, piqué au vif : serrer la main à un nègre, on lui en demandait trop. « Je ne vous le répéterai pas, Lelueur ! » Comprenant que le maître ne céderait pas, il finit par tendre une main hésitante à Sam, qui la serra fermement. Les quelques rudiments d'anglais qu'avait acquis M. Roland pendant la guerre ne lui suffisant pas à s'exprimer comme il l'aurait souhaité, il se contenta de poser la main sur l'épaule de Sam en lui disant : « *If problem, tell* *me. I keep him a moment. You can go home, in peace**. » Le lendemain, le maître demanda à Sam et Nino de changer leurs affaires de casier, afin qu'ils s'installent côte à côte.

Quand les vacances de Noël arrivèrent, Sam se débrouillait déjà bien en français. Il le devait certes en partie à son enseignant, qui lui portait une attention particulière et lui consacrait souvent une heure pour lui tout seul entre midi et deux, mais aussi indirectement à sa mère. Toujours aussi timorée, Rosa ne sortait jamais seule, c'est donc Charly qui se chargeait des courses la plupart du temps, et Sam le secondait avec joie dans cette tâche lui permettant de prendre l'air et de glaner de nouveaux mots. Son meilleur professeur était Joseph, un jeune marchand des quatre-saisons originaire de La Réunion, dont la charrette à bras était un véritable imagier. Pomme de terre, carotte, betterave, poireau, pomme, poire, kaki... sa récolte d'automne était très fructueuse. Désormais, quand Rosa demandait à Sam une *pumpkin*, une fois devant la charrette, le mot « citrouille » lui venait automatiquement à l'esprit. Chaque fruit et chaque légume avaient deux noms, ainsi le fruit préféré de son père était-il un *kaki-persimmon* ou un *persimmon-kaki*. Dans le registre du quotidien, c'était encore souvent le mot anglais qui précédait le nom français, mais il pouvait arriver que ce

---

* « Si problème, dites-le-moi. Je le garde un moment. Vous pouvez rentrer chez vous, en paix. »

fût l'inverse, comme ce matin particulièrement glacial où Joseph lui offrit une poignée de marrons chauds. En rentrant de l'école, tout content de raconter cet épisode à sa mère, Sam se rendit compte qu'il ne connaissait que les termes français. Il eut beau chercher, aucun mot ne lui vint à l'esprit, à l'exception d'un étrange *Maronen* auquel sa mère ne réagit pas plus. Ce n'est qu'après lui avoir décrit la poêle trouée, la taille de ce fruit inconnu et le fait qu'il se soit brûlé les doigts, qu'elle lança, étonnamment enthousiaste : « *Hot chestnuts !* » et avant même qu'il n'eût le temps de répéter ses mots, elle lui demanda, pour la première fois : « *How do you say that in French**? » Sans attendre, il enchaîna : « Marrons chauds. Marrons chauds », en articulant exagérément. Assise face à lui, elle tenta de répéter :

– Mawone chawd.

– Mar-ron chaud, reprit Sam en détachant bien les syllabes.

– Mawone show, mawone show.

Sam se précipita sur elle : « Bravo *Mom*. Bravo. » Et tandis qu'il la serrait dans ses bras, elle passa la main dans ses boucles. Joseph se vit attribuer ce jour-là des pouvoirs jusque-là uniquement dévolus à Julieta.

* « Comment dis-tu cela en français ? »

La Madone des rues

Tout était naturellement magique chez la jeune boulangère : son sourire, ses yeux émeraude, sa baguette qui permettait de se remplir l'estomac pour une trentaine de centimes, et surtout sa façon de parler en chantant. Chaque fois qu'il ressortait de la boulangerie, Sam sautillait en fredonnant *l'air de Julieta*. Son français chaloupé était encore plus rythmé que celui de Joseph, et Sam avait assez d'oreille pour faire la différence avec celui monotone et régulier de M. Roland. Le soir, en s'endormant, il se repassait souvent cette douce musique en boucle, montant et descendant avec délectation les versants de ces montagnes russes qui n'étaient autres que les pentes du Vésuve, au pied duquel la jeune boulangère avait vu le jour. Chaque fois qu'il passait devant la boulangerie, il avait envie de s'y arrêter. Se contentant au début d'un petit coucou de la main à travers la vitre, il finit par y entrer de plus en plus régulièrement. Le rituel qui s'était vite instauré entre eux l'amusait tout autant qu'il lui faisait chaud au cœur ; à son « *Hello, ma'am* », Julieta répondait par un chaleureux « *Ciao, bambino* ». Ces petites expressions du *pays natal* serties de français donnaient un éclat singulier à leur complicité.

Un jeudi matin où il était passé lui rendre visite, Julieta, inquiète de voir ses lèvres bleues, lui proposa de rester plus longtemps. Il faisait un froid de chien, comme on disait dans sa langue natale. Elle l'invita à se coller contre le tube du *fourno*. Prenant ses petites mains entre les siennes, elle se mit à souffler dessus pour les réchauffer. Penchée sur lui, elle sursauta quand elle entendit le cliquetis de la porte. La cliente qui venait d'entrer avait l'assurance des élégantes, son manteau d'astrakan tenait comme par miracle sur ses épaules. Quelle idée par un froid pareil de ne pas l'enfiler, pensa Sam encore tout grelottant. Elle venait se renseigner pour un mariage. Elle voulait une pièce montée. « Ni échafaudages à la Bovary, ni portiques, ni donjon. Pas de tralala rococo. Juste quelque chose de sophistiqué et simple à la fois. » Sans s'inquiéter du mauvais goût de La Bovari, et surtout sans attendre la fin de sa tirade, Julieta prit poliment sa commande, car deux nouveaux clients venaient d'entrer.

À peine réchauffé, Sam dû se résoudre à repartir, sa mère devait s'inquiéter. Il n'avait pas envie de remonter. L'hiver avançant, il faisait de plus en plus froid sous les toits. Les jours d'école, il arrivait à profiter un peu du poêle de la classe, grâce à M. Roland qui l'avait préposé à l'alimenter en bois durant les récréations mais de retour à la maison, c'était toujours la même sensation de brûlure.

Le pire, c'était la nuit ; il essayait bien de se blottir contre sa mère quand le froid devenait vraiment insupportable, mais elle était si frileuse que la moindre tentative d'approche semblait la faire reculer. Les rares fois où il trouvait un peu de chaleur, c'est quand il se réveillait aux côtés de son père. Les jours où il ne devait pas se lever pour aller à l'école, il restait encore un peu au lit et se collait contre son corps de géant, endormi depuis assez longtemps pour s'être réchauffé un peu. L'heure de se glisser hors des couvertures arrivait toujours trop tôt. Après avoir attaqué le bout de son nez, le froid qui l'attendait au saut du lit s'emparait en un instant de tout son corps. Comment sa mère, enfermée toute la journée, immobile pendant de longues heures dans cette petite cuisine aux vitres couvertes de buée, pouvait-elle supporter ça ? Son père, toujours en mouvement, semblait moins souffrir. Quant à Sam, il avait trouvé la parade en allant rendre visite à Julieta ou en jouant avec Nino dans la loge ; Grada qui passait habituellement toutes ses matinées dans la cour et les escaliers, restait de plus en plus souvent au chaud avec eux. Très active, elle repassait, cuisinait, triait le courrier, toujours en chantant. Sam aimait l'écouter fredonner, peu importe qu'il ne comprît rien aux paroles et que la mélodie semblât parfois très mélancolique ; la maman de Nino au moins était vivante. Elle bougeait, elle chantait et faisait d'excellents gâteaux à la cannelle et un *caldo verde*, dont son fils raffolait. Sam qui remontait toujours en fin d'après-midi, n'avait pas eu l'occasion de goûter cette appétissante soupe, jusqu'au jour où António, rentrant transis de froid d'un chantier sur une charpente à ciel ouvert, demanda à sa femme de lui en faire chauffer. Nino prit un bol qu'il partagea avec Sam. Debout face à face, les yeux dans les yeux, ils burent à tour de rôle, les mains collées au bol pour profiter de sa chaleur.

Une vague de froid s'abattit sur Paris la semaine suivante. Déjà glaciale, la chambre de bonne devint invivable. Les fenêtres avaient perdu toute fonction, elles semblaient ouvertes tant elles laissaient passer l'air et le froid. Une bouteille d'eau explosa. Il fallait trouver une solution. Charly demanda à leur propriétaire s'il serait possible d'installer un petit poêle, qu'il rembourserait plus tard. Ce dernier, non content de se noyer dans le whisky, avait malheureusement aussi pour habitude de se noyer dans un verre d'eau et pensa que cela n'était pas si simple. Qu'il faudrait une évacuation, que cela nécessitait des travaux et que, de toute façon, sans l'aval de son oncle éternellement en voyage et injoignable, rien ne pourrait être entrepris. Impuissant face à cette situation, il était toutefois résolument décidé à aider Charly, qu'il écoutait jouer chaque nuit avec admiration. Il contacta alors plusieurs amis qui, malgré une oreille attentive, ne lui proposèrent rien de concluant, jusqu'à ce que l'un de ses cousins engagé auprès de l'abbé Pierre lui parlât de Saint-Sulpice et du prêtre qui accueillait lui aussi les sans-abri. C'est ainsi que le 28 février au soir, veille de son sixième anniversaire, Sam passa la nuit dans l'église avec Rosa.

Charly les rejoignit vers 1 heure du matin. Il avait terminé un peu plus tôt cette nuit-là, non par manque de spectateurs, car malgré le froid, les habitués du Montana étaient toujours là, mais parce qu'il avait de plus en plus de mal à jouer à cause de ses lèvres gercées et de ses engelures aux doigts. Avançant à tâtons dans la pénombre de l'église, Charly les chercha parmi les corps blottis les uns contre les autres par petits groupes dans les chapelles. Arrivé vers le chœur, il commença à s'inquiéter, Rosa avait-elle fait demi-tour ou avait-elle tout simplement changé d'avis ? Non, c'était idiot, elle mourait de froid, elle aussi, et puis le fait d'être dans une église devait la rassurer.

Il l'aimait sa Rosa, mais parfois il avait peur qu'elle finisse par avoir raison de sa propre raison. Chaque fois qu'il avait la sensation d'avoir trouvé, à défaut d'une solution définitive, les mots qui pourraient l'apaiser un temps, chaque fois qu'il avait l'illusion d'avoir aperçu dans l'éclat de sa pupille la lueur fragile de la bougie qu'il lui tendait, elle finissait toujours par éternuer sur la flamme. Valeureux Sisyphe, il ne pouvait se résoudre à lâcher prise. Quoi qu'il arrive, quels que fussent ses doutes et ses tourments intérieurs, il partait toujours à sa recherche dans les méandres de ses chagrins et de ses peurs les plus profondes pour tenter de la ramener à la vie, à l'envie. Parfois, il cessait d'argumenter et, la prenant tendrement dans ses bras, il lui chuchotait simplement à l'oreille, en guise d'ultime réconfort : « *I'm here.* »

Il s'en voulait d'avoir cru qu'un enfant serait le meilleur antidote à sa mélancolie. Il s'en voulait surtout pour Sam, pour ce petit bonhomme plein de vie qu'il aimait profondément et dont il était si fier. Était-ce cette culpabilité ou la vision soudaine d'une mater dolorosa qui l'incitèrent à se signer ? Son parcours de chapelle en chapelle commençait à prendre des allures de chemin de croix. Il en craignait l'issue. Il avançait désormais sans trop y croire en scrutant le riche décor qui contrastait avec ces corps morts de froid enveloppés dans des couvertures, comme autant de linceuls prêts à l'emploi. Aucune trace des siens. Il allait se résoudre à remonter chez eux quand, pris d'un doute, il revint sur ses pas et reconnut, au pied de saint Jean-Baptiste, le bonnet rouge que Grada avait tricoté à Sam. Enjambant quelques dormeurs, il parvint jusqu'à eux. Il souleva délicatement la couverture, Rosa étreignait leur garçon blotti contre sa poitrine comme un nouveau-né. Il se glissa contre son corps à peine tiède et passa un bras autour d'eux. C'était la première fois depuis longtemps qu'ils se retrouvaient ainsi tous les trois. Réchauffé par cette seule pensée, Charly s'endormit.

Réveillé le premier, Sam partit à la découverte de l'église. Impressionné par la taille de la nef, il revint prudemment dans le déambulatoire. Vitraux, peintures, sculptures, il ne savait plus où donner de la tête, même le plafond était peint. Il avançait pas à pas, fasciné par les couleurs, par les dorures et par cette profusion de personnages et de scènes terriblement vivantes. Il avait l'impression qu'il pourrait ainsi marcher des heures et des heures. Écrasé, essoufflé, il éprouva le besoin de s'asseoir. C'est alors qu'il vit, juste face à lui, baignée par un rayon de lumière s'échappant de l'oculus, une jeune femme brune, un châle bleu sur les épaules et la tête couverte d'un foulard ocre, tenant dans ses bras un tout petit enfant en robe grise, abandonné contre elle dans un profond sommeil. L'apparition soudaine de cette *Madone des rues* l'émut aux larmes.

Stabat Mater

Le printemps était résolument sa saison préférée. Recroquevillé pendant tout l'hiver, Sam avait enfin l'impression que son corps pouvait se déplier. Il se sentait comme ces fleurs que Grada leur avait laissé planter dans la cour. Se libérant peu à peu de leur enveloppe verte, elles déployaient leur belle robe orange pour l'offrir aux rayons du soleil. Il était fier de ce petit parterre, fier de voir que, grâce à ses soins et à ceux de Nino, les petites graines que leur avait données leur maître avaient porté leurs fruits, ou plutôt leurs fleurs. Le matin, avant de partir à l'école, il descendait cinq minutes plus tôt pour voir si tout allait bien, si aucune petite bête n'avait décidé d'en faire son repas ou son terrain de jeu et pour s'assurer qu'elles n'avaient pas besoin d'eau. Il aurait voulu les arroser tous les jours, mais Grada leur avait expliqué que trop d'eau pouvait faire pourrir les racines. Chaque matin, Sam touchait plusieurs fois la terre espérant qu'elle serait un peu sèche pour faire pleuvoir l'arrosoir.

Pour Pâques, Grada invita Rosa, Charly et Joseph, qui devait « se sentir bien loin de son île un jour pareil ». La cuisine de la loge étant trop petite pour recevoir tout ce monde, elle décida d'installer une table dans la cour. Lève-tôt, le jeune Réunionnais arriva le premier avec un gros panier de fruits et de légumes et un cornet de *pistaches*. Surprise de voir des cacahouètes, Grada le remercia. Elle ne comprit que plus tard que, en créole, le mot « pistache » signifiait « cacahouète » et qu'elle pourrait en faire un délicieux « rougail », une sorte de *peanut butter* épicé. Après avoir bu une chicorée, Joseph rejoignit les garçons qui jouaient dans la cour.

De retour de la messe, Charly descendit au sous-sol avec Antonio pour récupérer la table. La cave lui parut immense. Les grandes étagères courant le long des murs étaient couvertes d'un stock impressionnant de pots de confiture et de bocaux de légumes. Au-dessous, quelques bouteilles de vin rouge sans étiquette, une bonbonne de vinaigre, un gros pot en terre rempli d'anchois, deux caisses de pommes de terre, une d'oignons… et, sur le sol, des pots de fleurs, des gros sacs de jute remplis de sable et une dizaine de bidons de peinture. Sur le petit établi installé sous la lucarne donnant au ras du pavé de la cour, les outils d'Antonio : une grenouille, une herminette, des ciseaux, une scie et un rabot d'une taille étonnante. Charly taquina Antonio :

– Tu fais quoi avec tous ces *bocals* ? Tu en as pour dix ans. C'est ton refuge anti-bombe ?

– Antiatomique ? Tu n'as rien vu. Il y a encore ceux-là.

– J'ai tout vu. C'est impressionnant.

– Ils étaient tous pleins. On a refait la charpente d'un couvent il y a deux ans et les sœurs nous en ont donné des dizaines à chacun.

Dans la cour, Joseph s'affairait. Jusque-là, les fêtes loin des siens avaient toujours le goût amer d'une *margoze* crue, aussi se réjouissait-il de partager cette journée avec sa nouvelle famille de cœur. Il avait installé les bancs et commencé à poser dessus les plats préparés par Grada. Sam et Nino faisaient eux aussi des allers-retours pour l'aider. La table arriva à temps pour recevoir les plats qui continuaient à sortir de la cuisine : agneau mijoté, *folar de Páscoa, sarapatel*… « Ce qui m'a séduit chez Grada, c'est son sens de la mesure », plaisanta Antonio, qui partageait son désir d'offrir à leurs amis un tour d'horizon de leur pays. Elle connaissait les recettes par cœur, mais ne pouvait s'empêcher de ressortir chaque année le vieux cahier dans lequel elle avait noté, d'une écriture mal assurée d'enfant, les recettes dictées par sa mère, avec bien entendu des proportions « *é o olho** », qu'elle s'était appropriées en les remettant à sa mesure. Les ratures et l'oubli de certains accents la faisaient sourire chaque fois, de ce sourire tendre et nostalgique que l'on porte

* En portugais, littéralement, « à l'œil » : « à vue de nez ».

sur son enfance, d'autant plus quand on est contraint de vivre loin de son pays.

Rosa arriva à son tour avec une grande marmite qu'elle tenait à bout de bras. Charly se précipita à sa rencontre et la débarrassa avant même qu'elle n'atteignît la dernière marche. C'est à ce moment-là que Grada remarqua le changement. Elle avait l'air encore plus fatiguée que d'habitude, mais semblait paradoxalement plus apaisée. Toujours aussi mal à l'aise quand il s'agissait de prendre la parole, Rosa dit juste : « C'est *jambalaya* de chez moi. » Charly se chargea fièrement du reste de l'explication : « C'est une recette typique de Louisiana. Vous allez vous régaler. »

Il y en avait pour un régiment ! En posant les fruits sur la table, Joseph annonça en riant : « Et voici mes fruits exotiques. » Tous s'amusèrent de sa remarque devant la corbeille d'oranges et de pommes, sauf Rosa et les garçons qui n'avaient pas compris le sens de sa phrase.

– Et voilà pour toi, Nino. Je sais que tu adores les cerises. Ce sont les toutes premières, elles viennent de Céret. Bon anniversaire !

– Mais pourquoi tu lui souhaites ? C'est le 25 avril ! s'énerva Grada.

– Ça va, je ne le vieillis pas trop, c'est dans trois jours.

– Mais ça porte malheur !

– Qu'est-ce qui porte malheur, Grada ? C'est Pâques, tout va bien. Jésus est là, Jésus revient et moi aussi.

M. Henri venait de faire son entrée dans la cour. Son euphorie, son pas mal assuré et sa cravate de travers laissaient présager que le reste de la journée allait plutôt relever pour lui d'une descente aux enfers que d'une résurrection. Il s'assit en face de Rosa et se mit à lui sourire bêtement :

– Vous êtes plus belle que jamais. Ne t'inquiète pas, Charly, je ne courtise pas ta femme, surtout dans son état, mais…

Antonio l'interrompit en lui tendant une assiette :

– Mangez quelque chose, monsieur Henri, je vous en prie, ça vous fera du bien.

– Vous croyez ? reprit Henri d'une voix encore plus pâteuse.

Dès qu'il eut terminé son assiette, Grada se mit à débarrasser la table. Rosa s'empara elle aussi d'un plat et la rejoignit dans la cuisine.

– Tu as compris ce qu'il a dit ? demanda Grada.

– *No*, pas exact.

– Pas exactement, corrigea son amie. Il dit que tu es très belle, et a parlé de « ton état ».

– C'est quoi, « tonnéta » ?

– C'est difficile à expliquer. Je pense qu'il a vu que tu étais enceinte.

– Enceinte ?

– Tu attends un bébé. *Baby*, continua Grada en joignant tant de gestes à ses paroles qu'on eût dit qu'elle communiquait en langue des signes pour mieux se faire comprendre.

– Vous savez ?

– Tout à l'heure, j'ai vu ton ventre un peu rond, dit Grada en mimant ses propos.

– Charly ignore. Difficile, répondit Rosa d'un air angoissé.

Grada s'assit sur la banquette et tapota le coussin pour l'inviter à la rejoindre :

– Viens. Raconte-moi.

Alors, tout doucement, en quelques mots mal assurés, Rosa commença à se confier à elle. Elle lui dit qu'avant Sam il y avait eu une petite fille. Elle lui parla de sa propre joie. De celle de Charly, qui si fier de sa fille, disait lorsqu'elle pleurait qu'elle avait une voix de future chanteuse. Rosa parla des premiers jours, des premiers mois. Tout semblait se mettre en place. Sa famille, son quotidien, Harlem. Tout prenait enfin sens. Grada l'écoutait avec attention, lui glissant de temps à autre un mot inconnu, afin qu'elle puisse atteindre sans trop d'encombre l'autre rive de sa pensée. Les grands yeux pers de Rosa brillaient. Tout son visage souriait. Si M. Henri la voyait ! Elle rayonnait en évoquant ce souvenir heureux. Mais l'embellie fut de courte durée. Elle s'arrêta net. Incapable d'aller plus loin, de peur de basculer. *To jump or not to jump**. Une fois encore, suspendue à la verticale

* « Sauter ou ne pas sauter. »

du néant. Grada voulut la prendre dans ses bras et se ravisa aussitôt. Sans doute ce geste aurait-il déclenché les pleurs trop longtemps contenus de Rosa. Alors elle se leva et lui rapporta simplement un verre d'eau, lui signifiant ainsi avec délicatesse qu'elle avait compris.

Le Secret

Bien que sa grossesse semblât se dérouler sans encombre, Rosa ne sortait quasiment pas de la chambre de bonne. Grada lui rendait visite aussi souvent que son emploi du temps bien rempli le lui permettait. Elle s'était mis en tête de lui apprendre à tricoter et lui avait offert une paire d'aiguilles et de la laine jaune, sa couleur préférée. Prenant peu à peu de l'assurance, Rosa avait confectionné des chaussons, un petit gilet et un minuscule bonnet bouton d'or qui faisaient l'admiration de Charly. Quand il les avait posés à plat sur la paume de sa main, il avait pleinement pris conscience de son rôle de géant investi d'une mission de protection de ce nouveau petit être à venir.

Résistant difficilement à une bonne affaire, Grada, qui avait acheté un stock de pelotes à faire pâlir un champ de tournesols, tricota des écharpes durant tout l'automne. Rosa, Charly, Antonio, les garçons, Julieta, Joseph… nul n'échappa à sa fièvre jaune. Pas même M. Henri, qui promit de ne pas oublier son écharpe lorsqu'il repartirait sur l'astéroïde B612. « Quel hourlouberlou ! » dit Grada en racontant ça à ses hommes le soir même.

La première fois que Sam et Nino débarquèrent à l'école avec leur nouvelle écharpe, Lelueur brilla une nouvelle fois par sa stupidité : « Alors, les copines, on s'habille pareil maintenant ? Remarque, ça vous va bien, le jaune. Surtout à toi, négro, ça ressort bien ! » Nino sortit de ses gonds et bondit sur lui avant même que Sam n'ait eu le temps de réagir. Un attroupement se forma instantanément autour d'eux. « Vas-y. Venge-toi. Casse-lui la tête, c'est une mauviette. » Sam voulut voler au secours de son ami, mais un grand l'en empêcha en tirant si fort sur sa blouse qu'il lui déchira une poche. Il lui décocha un sarcastique « Calme ta joie, bamboula ! », avant de se tourner vers Lelueur pour l'encourager : « Allez, mon vieux, fais-lui ça fête au Portos ! » Chacun y alla de son invective plus ou moins douteuse. L'ambiance relevait plus d'un bal de quartier qui aurait mal tourné que d'une cour d'école, fût-elle de garçons. Rapidement alerté par le vacarme de cette *batay coq*, M. Roland sortit son sifflet. Il dut s'y prendre à plusieurs reprises avant que la nuée d'étourneaux pourtant menacés de punition ne s'envolât. Au grand étonnement de tous, le maître ne cria pas, mais ordonna d'une voix ferme :

– Messieurs. Je ne tolérerai plus aucune bagarre. Que ce soit clair ! Vous m'entendez, Lelueur ? Et il n'y a pas que vous qui êtes concerné, n'est-ce pas, dit-il en se tournant vers un grand particulièrement virulent.

– Je ne suis pas raciste, monsieur, eut l'affront de répondre ce dernier.

– Ah bon. Donc vous aimez les histoires d'Indiens ?

– Oui, monsieur, mais quel rapport ?...

– Qui préférez-vous dans ces histoires, les cow-boys ou les Indiens ? l'interrompit le maître.

– Les cow-boys.

– Et pourquoi ?

– Parce qu'ils sont pareils que nous.

– Nous y voilà ! Le prochain que j'entends proférer un propos raciste passera un mauvais quart d'heure, faites-moi confiance. Rangez-vous en silence !

Parachuté depuis sa campagne catalane dans une école des beaux quartiers parisiens par un hasard dont seule la vie a le secret, Stéphane Roland s'était senti lui-même très seul à son arrivée à Paris. C'est la découverte des musées qu'il arpentait régulièrement le week-end qui lui avait permis de mieux apprécier la capitale. Conscient que, contrairement à la plupart de leurs camarades de classe, les parents de Sam et Nino ne leur proposaient sans doute pas de telles visites, il décida de les emmener au musée Rodin. Arrivés à l'ouverture, ils eurent pendant un long moment le musée pour eux tout seuls. Impressionnés par l'hôtel Biron, les garçons n'imaginaient pas un seul instant pouvoir y pénétrer. Déjà heureux d'arpenter le jardin, ils se sentirent Lilliputiens aux pieds du *Penseur*, dont la position les fit tout de même sourire. Ils eurent le souffle coupé en arrivant de l'autre côté du bâtiment : une immense pelouse, des bosquets, des roses plus belles les unes que les autres, une fontaine avec un groupe d'hommes verts en train de se battre, ils étaient à Versailles.

M. Roland n'eut pas besoin de leur raconter l'histoire d'Ugolin pour qu'ils en ressentent toute la violence et tout le désespoir. Avec un accent chantant qu'ils ne lui connaissaient pas en classe, leur maître répondit à leurs questions avec érudition, tout en prenant soin de ne pas les noyer de détails : il voulait les laisser libres d'observer et de percevoir. L'essentiel était avant tout de ressentir, d'aimer.

Après avoir déambulé dans le jardin, ils pénétrèrent enfin dans le « château ». Ils n'en crurent pas leurs yeux. Marbres impressionnants de blancheur, bronzes d'un noir profond, corps nus impudiques, bustes d'illustres inconnus ou de quelques grands hommes évoqués à l'école, corps inachevés ou mutilés, miniatures d'une effarante précision et, partout, des miroirs pour voir les sculptures sous tous les angles ou surprendre son propre reflet aux yeux écarquillés. Ils passaient d'une salle à l'autre, doucement, religieusement, comme s'ils visitaient une église à l'heure de la messe. À l'unisson au début, leurs ressentis se démarquèrent au fur et à mesure de leur déambulation. De plus en plus médusé, Sam ralentissait au fil des salles,

Nino, très excité, prenait de l'avance. Resté seul devant *Jeune femme et enfant*, Sam sentit les larmes lui monter aux yeux. Un peu plus loin, il tomba en arrêt devant deux mains d'une taille écrasante. D'un blanc aveuglant. Il tenta d'en faire le tour. Les veines sur le poignet et sur le dos des mains lui firent penser à des écorchures. Sa gorge brûlait comme en plein hiver quand l'air est glacé. Trop petit pour voir le haut de la sculpture, il recula un peu. Il aperçut un cube blanc caché entre elles. L'énorme index dressé vers le plafond semblait pointé sur lui. Il comprimait sa poitrine, l'empêchait de respirer. Il tenta d'échapper à cette insupportable pression en faisant un pas en arrière ; il eut juste le temps de lire sur le cartel *Le Secret* et s'effondra.

Ascenseur pour l'échafaud

Charly espérait depuis longtemps avoir une autre fille. Il voulait l'appeler Ella, *For sentimental reasons*. Rattrapée par l'actualité, Dorothy – qui garda pour second prénom Ella – vint au monde un mois presque jour pour jour après que son père eut découvert, sur les kiosques parisiens, la photo de Dorothy Counts, une jeune Noire injuriée par la foule lors de sa rentrée au lycée Harding. Chaque fois que l'une de ces terribles nouvelles traversait l'Atlantique, un sentiment de haine, de pitié et de honte étreignait Charly. Il ne pouvait s'empêcher, depuis son exil parisien, de culpabiliser en pensant au sort des Noirs américains. Ses conditions de vie précaires et les risques encourus n'avaient rien à voir avec ce qu'ils subissaient là-bas, quand bien même le racisme, notamment alimenté par le conflit algérien, gagnait-il du terrain en France. À Paris, en tant que musicien afro-américain, il se sentait moins menacé que d'autres immigrés originaires des colonies. Tout au moins avait-il ce sentiment dans son quartier, qu'il ne quittait qu'exceptionnellement.

La première fois qu'il prit sa petite sœur dans les bras, Sam fut surpris par sa couleur. Elle lui paraissait bien plus foncée que lui. Il en fit la remarque à leur mère, qui ne répondit rien.

Sa famille grandissant, Charly devait trouver d'autres sources de revenus. L'engouement de Paris pour le jazz était bien sûr une aubaine, mais l'afflux de jazzmen américains dans la capitale rendait la concurrence plus rude. Malgré ses réseaux, Charly ne put pas trouver d'autres engagements réguliers et décida donc de donner des cours, comme le faisaient déjà bon nombre de ses amis musiciens. À la recherche d'un lieu, il alla voir Antonio :

– Est-ce que je pourrais utiliser ta cave pour des leçons ? Je te donnerai une main* en échange.

– Ne t'embête pas. Nino rêve de faire de la musique, si tu le prends comme élève, nous sommes quittes.

C'est ainsi que, en l'espace de quelques minutes, ils firent un excellent *deal* et que, deux jours plus tard, Nino et Charly se retrouvèrent dans la cave vers 15 heures, pour ce qui était, pour l'un comme pour l'autre, un premier cours. Ensemble, ils découvrirent à quoi pouvait bien ressembler l'approche de la trompette ; chose que le nouvel enseignant, lui-même autodidacte, adapterait au fur et à mesure des leçons et des élèves qu'il rencontrerait. Nino buvait les

---

* L'expression en anglais est « *to give a hand* », soit, littéralement « donner une main ».

paroles de Charly et reproduisait au millimètre le moindre conseil : se tenir droit, jambes légèrement écartées, respirer avec la bouche, inspirer profondément sans lever les épaules, puis laisser échapper l'air. Une fois qu'il lui eut expliqué la position des lèvres et que Nino commença à les faire vibrer, Charly, sans plus attendre, lui donna son embouchure. Il lui montra comment la saisir entre le pouce, l'annulaire et l'auriculaire de la main gauche, puis l'invita à la porter à ses lèvres. Après plusieurs essais, Nino réussit, finalement assez vite, à faire sortir un son. Si excité par ce résultat, il ne put s'arrêter de souffler, alternant *buzz* et *pschiiiit* maladroits. Il souffla, souffla... tant et si bien qu'il finit par avoir la tête qui tourne. S'asseyant un instant sur un bidon de peinture pour reprendre son souffle, il aperçut la silhouette de Sam derrière la lucarne. Il n'eut pas le temps de croiser son regard, Charly avait emmanché l'embouchure sur le corps de son instrument et le lui tendait. Fermant instinctivement les yeux, Nino souffla dans la trompette et sentit sa tête exploser.

Très rapidement, Nino prit du plaisir. Il attendait impatiemment de retrouver Charly pour jouer et apprendre ; passion qu'il partageait avec Sam, toujours avide lui aussi d'acquérir de nouvelles connaissances. Nino disposait d'un luxe pour ainsi dire unique : une cave de Saint-Germain-des-Prés comme salle de répétition. Loin de tout snobisme, Antonio et Charly voyaient plutôt le côté *germanopratique* de la chose : cela permettait de jouer à l'abri des voisins râleurs. Il lui manquait cependant le principal. Contrairement aux autres élèves qui venaient avec leur propre instrument, Nino n'avait qu'une embouchure, avec laquelle il jouait sur la trompette de Charly. Au bout d'un an, voyant que leur fils était toujours aussi assidu, Grada et Antonio décidèrent de lui en acheter une. Grada eut l'idée d'aller trouver les parents de l'un des élèves de Charly qui n'avait pas fait long feu. Ils furent hésitants au début, arguant qu'ils voulaient garder tous les instruments que leur fils essayait. Outre la trompette, ils possédaient un violon, un piano, une clarinette, une guitare. Le rejeton touche-à-tout n'ayant que dix ans, Grada, riant pour elle-même, se dit que, à ce rythme-là, ses parents pourraient un jour constituer une collection digne d'un musée national, ce qui ne l'empêcha pas d'insister, car quand elle avait une idée, elle n'avait pas pour habitude d'en démordre. Elle finit par les amadouer et obtint, à un prix raisonnable, une trompette quasi neuve, pour *seu querido filho**. Les jours où Charly ne donnait pas de cours, les garçons, une fois leurs devoirs terminés, descendaient à la cave. Nino s'appliquait à répéter avec minutie ce que Charly lui enseignait, sans parvenir vraiment à s'en éloigner. Profitant de la répétitivité de cette pratique, Sam commença à l'accompagner en tapant sur un pot de peinture, puis deux, puis trois. Reliquats des chantiers d'Antonio, les bidons, plus ou moins remplis, donnaient des sons différents, ce

* « Son fils chéri. »

qui permit à Sam de faire son choix quand il installa sa batterie : quatre fûts et un bidon vide renversé devant lui, qu'il actionnait avec le pied et faisait frapper sur une espèce de plaque métallique posée sur le sol en terre battue. Assis sur un pot à moitié plein et armé de deux pinceaux, il improvisait des solos avec un réel sens du rythme. Charly qui, bien qu'ayant remarqué la nouvelle disposition des pots, n'avait fait aucun commentaire, le surprit un jour en pleine improvisation. Dos à la porte, Sam ne l'avait pas vu entrer et sursauta à ses applaudissements.

Un matin, en arrivant dans la cour, Sam découvrit Nino accroupi devant la fenêtre de la cave. Il l'attrapa par les épaules et, sans le faire exprès, lui fit perdre l'équilibre. Il allait se confondre en excuses quand il s'arrêta net, médusé par la musique provenant du sous-sol. Il n'avait jamais rien entendu de pareil. Une série de ricochets sans fin sur la surface à peine effleurée d'un lac immense. Les notes marchaient sur l'eau, s'éloignaient, s'éloignaient encore, pour mieux se rapprocher, laissant deviner, entre deux caresses imperceptibles de l'eau, d'éphémères et profonds silences. Quand la trompette se tut, Sam retrouva l'usage de ses membres et s'accroupit près de Nino. Il se colla à la grille et découvrit Charly entouré de trois hommes et une femme. Tous fixaient, avec un air mêlant surprise, admiration et impuissance, un homme au profil de dieu égyptien, dont la peau noire contrastait avec un élégant costume clair. Très blanche dans sa petite robe noire, la jeune femme au regard de pharaonne, qui était face à lui, lui prit la main dans un geste tendre et avec un fort accent français lui demanda :

– *Are you not tired after that recording*?*

– *I would still be up for a walk on the* Champs-Élysées. *With you, this time.*

Sa voix cassée, presque sourde tranchait avec le son léger, métallique, profond de sa trompette.

– *You prefer the elevator of the* rue de Seine ***!* ajouta la jeune femme d'un air espiègle.

– Que disent-ils ? demanda Nino.

Incapable de traduire ces propos dont le sens lui échappait, Sam fut sauvé par l'un des musiciens qui commença à jouer sur sa batterie avec deux drôles de tapettes à mouches en guise de baguettes. Leur son très doux fut bientôt couvert par celui des cuivres. Tous, fascinés par son jeu, se tournèrent vers le trompettiste. Les yeux fermés, Miles improvisait comme il l'avait fait la nuit précédente lors de l'enregistrement de la BO d'*Ascenseur pour l'échafaud*. Cette fois-ci, sans l'errance nocturne de Jeanne Moreau dans les rues de Paris sur l'écran. C'était sa propre souffrance et cette incapacité à retourner aux États-Unis avec sa Juliette à son bras qui le hantait déjà.

---

* – « Tu n'es pas fatigué après cet enregistrement ? »
– « Je serais encore partant pour une balade sur les Champs-Élysées. Avec toi, cette fois-ci. »

** – « Tu préfères l'ascenseur pour la rue de Seine ! »

Ici, tout lui semblait possible, malgré leurs couleurs de peau différentes : marcher main dans la main avec elle sur les bords de Seine, s'asseoir en terrasse… Mais là-bas ? Là-bas ! Même à New York ! Son séjour parisien touchait à sa fin, et l'éphémère sentiment de liberté qui l'avait habité pendant ces quelques jours laissait place à l'angoisse du retour dans son pays natal. Charly, qui avait fait le même parcours, partageait son déchirement. Lui aussi avait eu cette sensation. Deux jours après son arrivée à Paris, en sortant du jardin du Luxembourg, il avait assisté à une scène dont il se souvenait en détail. Il ressentait encore cet effet de surprise, puissant coup de poing dans la poitrine, cette sensation de mirage qui l'avait poussé malgré lui à fermer les yeux afin d'échapper à une inévitable désillusion. Mais quand il les avait rouverts, ils étaient toujours là, assis face à face à la terrasse du Tournon, la jeune femme blanche et le jeune homme noir penché vers elle lui allumant sa cigarette. Quelques jours plus tard, il avait fini par entrer dans le café. Assis dans un coin face à la salle, il avait été frappé par la diversité des clients. Là encore, ressentant le besoin de fermer les yeux pour s'assurer qu'il ne rêvait pas, il s'était rendu compte que l'essentiel des conversations se déroulait dans sa langue maternelle. Il venait de tomber dans l'un des repaires américains de la capitale. Il s'était très vite senti chez lui sous l'œil bienveillant de la patronne, une Auvergnate d'âge mûr qui, sous un abord plutôt austère, cachait un cœur d'or. S'il fréquentait régulièrement Le Tournon, ce n'était pas dans un esprit communautaire, comme certains *enracinés* pouvaient le penser, c'était simplement car, comme tout exilé, il ressentait par moments le besoin de retrouver ce fil ténu le reliant à son pays. Il se posait là, fermait les yeux. L'effet était toujours le même, la vibration d'une corde de basse qui, de pincement au cœur se transformait peu à peu en battements. Au fil des mois, il avait sympathisé avec certains de ses compatriotes, notamment des musiciens et quelques journalistes. Il avait peu à peu trouvé ses repères dans cette ville idéalisée par ces Afro-Américains qui, comme lui, s'y sentaient plus à l'abri de la violence quotidienne due à leur couleur de peau, et par des WASP aspirant à une vie de bohème, loin de l'austérité ou du matérialisme exacerbé de leurs familles. Il ressentait bien sûr, de temps à autre, cette fissure de l'exil, cette *(in) certitude* de devoir un jour retourner dans *son* pays. Ce paradoxe de tenter de s'enraciner dans un sol qui n'était pas le sien, parce qu'il le pressentait plus propice à son épanouissement, tout en ayant conscience que ses racines étaient ailleurs. À Paris, depuis quelques mois à peine, il se savait déjà de deux pays, de deux continents, voire de trois, s'il comptait celui de ses ancêtres. Écartelé entre ces mondes que l'histoire et l'actualité de son pays lui imposaient, il avait l'intuition qu'il lui faudrait vivre avec ce conflit intérieur. Balayer la salle du Tournon d'un regard lui suffisait à mesurer le contraste entre ici et là-bas ; il n'y avait pas photo. Parfois, cependant, il se disait qu'il était temps de *rentrer*, de retrouver sa Rosa, au lieu d'économiser pour qu'elle le rejoigne. Ses amis aussi lui manquaient. Il y pensait souvent, il avait envie d'arpenter les clubs de Harlem ou de jouer avec eux sur la *52nd Street* ! Aussi, un an après son arrivée à Paris, avait-il fini par *rentrer* à New York. Il avait retrouvé Rosa avec bonheur et s'en était voulu d'être parti en éclaireur, car elle semblait encore plus mélancolique qu'avant. Si la distance et le temps lui avaient permis de commencer à cicatriser un peu, le *drame* restait en revanche une plaie ouverte chez elle.

Interpellé par la police dès le lendemain de son retour, alors qu'il parlait avec un ami devant la porte d'un club, Charly se rendit rapidement à l'évidence : rien n'avait changé de ce côté de l'Atlantique. Il devait faire profil bas, rester à la place qu'on lui assignait s'il ne voulait pas d'ennuis. Et encore. Il savait bien que ça pouvait tomber à tout moment. La roulette américaine était encore plus aléatoire que la russe. Pour changer d'air, il décida d'aller au Cafe Society, le seul lieu de la ville accueillant un public métissé. Il était particulièrement sur ses gardes en arrivant à Greenwich Village ; malgré l'anticonformisme social ambiant, le quartier n'en restait pas moins une enclave en territoire blanc, aussi, quand la salle fut soudain plongée dans le noir, se raidit-il sur son tabouret, prêt à bondir vers la sortie. Mais dans l'épais nuage de fumée de cigarettes, il aperçut la silhouette de Billie Holiday juste éclairée par le faisceau d'un petit projecteur pointé sur elle. Le silence se fit instantanément, même les piliers de bar les plus volubiles, surtout à cette heure avancée, se turent quand elle entonna *Strange Fruit*. Elle garda les yeux fermés durant toute l'introduction. Le temps s'était arrêté. Suspendus à ses lèvres, les spectateurs buvaient chacune de ses paroles, comme s'ils aspiraient un venin dont ils auraient voulu la libérer.

Southern trees bear a strange fruit,
Blood on the leaves and blood at the root,
Black bodies swinging in the Southern breeze,
Strange fruit hanging from the poplar trees.

« Les arbres du Sud portent un fruit étrange,
Du sang sur les feuilles, du sang sur les racines,
Des corps noirs se balançant dans la brise du Sud,
Étranges fruits pendant aux peupliers. »

Ils étaient au pied de l'arbre avec elle. Les yeux brillaient, certains ne pouvaient retenir une larme ou un reniflement, d'autres serraient les dents ou les poings. Tous avaient le même goût amer dans la bouche. Sa dernière note fut suivie d'un lourd silence : le public était sous le choc. Timides au début, les applaudissements s'amplifièrent progressivement. Quand la lumière revint, la scène était vide. Charly avait beau connaître ce morceau par cœur, l'interprétation de Billie l'avait ébranlé. Ce réquisitoire contre les lynchages des Afro-Américains dans le Sud était devenu la chanson phare du Cafe Society, où elle l'avait interprété pour la première fois en 1939. Josephson, le patron, était vraiment un « *Right Man* ». Malgré toutes les plaintes et les menaces de fermeture, il accueillait toujours Billie comme au premier jour, alors qu'elle était privée de sa *cabaret card**. Si ce que venait d'entendre Charly faisait froid dans le dos, l'engagement de Josephson, lui, réchauffait le cœur. Ce fils d'émigrés lettons s'était battu pour créer ce « cabaret politique avec du jazz et une satire des classes sociales supérieures ». Il l'avait d'ailleurs baptisé avec ironie Cafe Society en référence aux cercles d'élites intellectuelles issus des grandes familles new-yorkaises. Il précisait avec humour : « *The wrong place for the right people »,* « le mauvais endroit pour les bonnes personnes ». C'étaient des gens comme lui qui pouvaient permettre de croire en un avenir meilleur. Charly alla le saluer avant de partir. C'est la dernière fois qu'il le vit *chez lui*. Cible des éditorialistes conservateurs et victime de la chasse aux sorcières, le Cafe Society ferma ses portes quelques mois plus tard.

C'était finalement l'arrivée de Sam, l'année suivante, qui avait tout changé. Désarmé par ce petit bonhomme, Charly n'avait pu se résoudre à lui infliger ce que l'Amé-

---

* Permis exigé pour tous les travailleurs, y compris les artistes, dans les boîtes de nuit de New York, de la prohibition à 1967.

rique ségrégationniste leur imposait. Alors que le pays était sorti de la crise économique, Harlem s'y enfonçait plus que jamais. Rester ici, c'était condamner cet enfant à grandir dans un ghetto coupé du reste de la ville, à devenir un Américain de seconde zone. Charly se sentait incapable de le protéger, il ne pouvait que le préparer à *rester à sa place*. « *Some people will assume you are a bad seed because of your skin color** » : les mots de son propre père raisonnaient encore dans sa tête, et Charly ne s'imaginait pas avoir la force de faire un jour son *talk* à Sam. De toute façon, la violence était telle que, expliquer à ses enfants les dangers qu'ils encouraient par le simple fait d'être noir et leur transmettre des règles de bonne conduite semblait de plus en plus dérisoire. Emmet Till, un jeune adolescent noir de Chicago, en vacances chez son grand-oncle dans le Mississippi, ne venait-il pas d'être lynché et torturé à mort pour avoir sifflé une femme blanche ? Charly apprendrait bientôt que ses bourreaux avaient été acquittés, mais il ne saurait jamais que, soixante ans plus tard, la femme blanche confesserait avoir menti lors de son premier témoignage.

Un an après son retour à New York, Charly décida de *rentrer* à Paris, où Rosa et Sam le rejoindraient le plus tôt possible.

---

* « Certaines personnes penseront que tu es une mauvaise graine à cause de ta couleur de peau. »

Rentrer

Quel sens cela pouvait-il avoir pour lui ? Traverser l'Atlantique d'est en ouest ou l'inverse ? Aller vers New York ou en direction de Paris ? Depuis son premier départ et jusqu'à son dernier souffle, cette question demeurerait sans réponse, tout comme pour Antonio, Grada, Joseph et la plupart de leurs amis.

Indésirable d'un côté, pas vraiment accepté de l'autre, Charly n'avait pas su quoi répondre quand Sam, vers l'âge de 7 ou 8 ans, lui avait demandé d'où il était. Devant son silence perplexe, le petit avait fait cette réponse qu'il adopta tant elle faisait écho à son ressenti : « Je sais, chez toi, c'est la Grosse Pomme Lumière. »

L'homme qui marche

Sam et Nino réussirent leur certificat d'études haut la main pour la plus grande fierté de leurs parents, conscients qu'il s'agissait du point d'orgue de leur scolarité et qu'il était temps pour eux d'entrer en apprentissage. S'il ne parvint pas à convaincre Antonio et Grada, M. Roland, toujours attentif à ses élèves, eut cependant raison des arguments notamment financiers évoqués par Charly et Rosa et se chargea lui-même du dossier de bourse pour que Sam puisse aller au lycée. Pour Sam, c'était franchir une nouvelle frontière, avec tout ce que cela comportait d'excitation et d'angoisse. Il craignait de ne pas être à la hauteur, mais aussi de se retrouver seul, une nouvelle fois, en pays étranger, au milieu d'inconnus, sous le feu de leurs regards, sans son ami de toujours, Nino qui intégrait un centre d'apprentissage situé sur les Grands Boulevards.

La veille de la rentrée, Sam se réveilla en sueur en plein milieu de la nuit et ne parvint à se rendormir qu'au petit matin quand il entendit son père rentrer. Dans son cauchemar, alors qu'il coupait par le jardin du Luxembourg pour rejoindre le lycée, il s'apercevait qu'il était pieds nus. Parti bien en avance, il décidait de retourner chez lui en courant. Au milieu du parc, il s'étalait de tout son long et déchirait son pantalon au genou. Il tentait de retenir ses pleurs car trois garçons de son âge s'esclaffaient en le montrant du doigt. Après un épuisant aller-retour, il arrivait juste à temps dans la cour du lycée pour se placer dans le rang de sa classe. Il entendait les mêmes rires derrière lui et, en se retournant, se retrouvait nez à nez avec les trois moqueurs.

Encore sous le choc de ce cauchemar, il s'habilla doucement dans la pénombre de la chambre pour ne pas réveiller son père et se glissa dans la cuisine. Assise sur les genoux de leur mère, Dorothy se jeta littéralement sur lui, catapultant sa cuillère pleine de lait et de porridge sur son pantalon gris, juste au niveau du genou. Sam se raidit d'un coup mais, quand il posa la main sur la tête de sa petite sœur pour la repousser, il fut désarmé, comme chaque fois. Presque tous les soirs, il s'endormait en caressant ses doux cheveux crépus. Avec un peu d'eau et beaucoup d'insistance, Sam parvint à remplacer la tache blanche par une auréole humide, espérant qu'elle s'estomperait complètement en séchant. Il but son bol de café au lait en restant debout mais ne parvint pas à manger. Il se brossa les dents dans l'évier, puis sortit sur le palier afin d'avoir plus d'espace pour enfiler son blouson et mettre son cartable sur son dos. En descendant l'escalier, il enroula son écharpe autour du cou, gardant l'un des pans devant et jetant l'autre d'un geste ample et naturellement élégant par-dessus son épaule. Dans la cour, il croisa Grada, déjà à pied d'œuvre.

– Alors, c'est le grand jour ? dit-elle en arrangeant le col de Sam. Nino est parti à 6 heures. Il a pris le métro avec Antonio, qui a un chantier pas loin. Tu commences à quelle heure, toi ?

– À 8 heures.

– Et ben, tu seras pas en retard. Tu peux même y aller en marchant sur les mains ! plaisanta gentiment Grada.

– On ne sait jamais, répondit Sam, la gorge serrée.

Le parcours jusqu'au lycée était d'une simplicité enfantine. Il suffisait de remonter la rue Bonaparte jusqu'au Luxembourg, puis de traverser le jardin quasiment en ligne droite. Charly avait fait le chemin avec Sam quelques jours auparavant pour évaluer le temps qu'il lui faudrait et pour le rassurer, car il le savait angoissé. Tout petits déjà, quand Grada allait les chercher à l'école, Nino partait parfois en courant jusqu'à leur immeuble qui ne se trouvait qu'à cinq portes de là, sur le même trottoir, mais Sam restait toujours avec elle. Elle s'en amusait en disant qu'il était très galant, jusqu'au jour où il s'agrippa à elle et ne voulut pas la lâcher jusqu'à leur arrivée dans la cour. Grada eut beau tenter de lui demander ce qui l'avait effrayé, il resta muet. Quelques jours plus tard, Nino expliqua à sa mère que Sam avait eu peur du père de Lelueur, venu le chercher à l'école dans son uniforme militaire. Lorsque les garçons étaient entrés en CE1, l'année suivante, leurs parents avaient décidé d'un commun accord qu'ils pourraient désormais se rendre seuls à l'école. Sam priait en secret pour que Nino ne soit pas malade. Son vœu fut exaucé et, durant tout le primaire, Nino ne rata pas un jour d'école, poussant même la camaraderie à avoir la rougeole et les oreillons pendant les vacances. Leurs routes, tout au moins scolaires, venaient cependant de se séparer. Et ce matin-là, un nouveau compte à rebours vers l'inconnu commençait.

En une dizaine de minutes, comme prévu, Sam arriva devant les grilles du Luxembourg. Et là, douche froide. Il avait tout imaginé. La rue barrée par des travaux. Des garçons lui piquant son cartable. Une voiture lui fonçant dessus. Un déluge. Mais pas ça ! Pas les grilles fermées, un jour d'école ! L'heure tournait. L'angoisse montait. Il tenta de se ressaisir. Il vit un homme entrer par un autre portail. Il se précipita de crainte qu'il ne se referme. Arrivé au niveau du bassin, il entendit des garçons s'esclaffer. Il se figea sur place, prêt à rebrousser chemin. Trois adolescents, tout à leurs jeux, le dépassèrent sans lui jeter le moindre regard. Un groupe de filles le distança. Tout le monde semblait aller dans la même direction, ce qui le rassura à la fois sur l'heure et sur le chemin.

Une femme tenant un enfant par la main déboucha de l'allée principale. Grand et maigre, de la pâleur d'un plâtre en attente de fonte, c'était le *portrait craché* de sa mère ; une expression que détestait Sam. Comme ils marchaient au même rythme, il se retrouva au portail en même temps qu'eux. La mère embrassa son fils. Aimanté par son duffle-coat, petit carré de ciel bleu dans la grisaille de la rue, Sam le suivit pour traverser et remarqua, une fois devant l'entrée du lycée, quand il agita une petite main discrète en direction de sa mère, qu'il portait des gants. Cela le surprit, tant l'automne était doux, mais il oublia aussitôt ce détail en pénétrant dans la cour du lycée. Il était écrasé, déboussolé. Tout était surdimensionné : les bâtiments, le nombre d'élèves, le bruit. L'un des surveillants servant de guides aux nouveaux venus lui expliqua où il devait se ranger. Son regard se heurta à une forêt de socquettes blanches, celles des filles déjà bien en rang. Parcourant la cour du regard, il ne vit que des garçons. Alors pourquoi ces filles ? Et pourquoi avait-il échoué avec elles ? Deux autres arrivèrent, des jumelles, qui le saluèrent d'un sourire. Il leur répondit par un timide « bonjour ». Des garçons rejoignirent enfin le rang ; Sam soupira de soulagement.

Leur professeur principal leur expliqua qu'ils étaient une *classe pilote*, qu'il était lui-même partisan de l'intégration des filles au lycée, que cette mixité lui paraissait essentielle, naturelle. Médusé par ce jeune tribun haranguant la classe du haut de son estrade, Sam buvait ses paroles sans comprendre vraiment en quoi les filles pouvaient changer la donne. Emporté par l'enthousiasme de son professeur, il ressentait déjà une mystérieuse attirance pour l'histoire et la géographie. Les choses se gâtèrent malheureusement dès le cours suivant. Le professeur de latin commença par la lecture du règlement intérieur : « Vous devez vous distinguer par votre travail, vous tenir propres, éviter les manières vulgaires, proscrire les mots grossiers, les jurons, l'argot. » Même les mouches avaient cessé de voler. Après un léger temps d'arrêt, il se tourna ostensiblement vers Sam et reprit sur un ton encore plus virulent : « Éviter toute chose qui pourrait dénoter une éducation déplorable et un esprit dépourvu de délicatesse. » Sam eut le souffle coupé. Il n'avait rien dit, rien fait. D'ailleurs, il ne faisait jamais rien. Quand il donnait une bonne réponse à M. Roland, toujours prompt à lui donner la parole, il lui arrivait souvent de s'abstenir de lever le doigt lorsqu'il connaissait la réponse suivante. Il avait senti très tôt que la discrétion, bien qu'elle ne constitue pas une parade universelle aux coups bas, lui permettrait d'en éviter un certain nombre. Nino qui avait joué plus d'une fois des poings pour le défendre, le lui avait déjà reproché, mais Sam cherchait simplement à ne pas faire de vagues.

À la récréation, il se blottit dans un coin, à l'abri de l'essaim de la cour. Accroupis au pied des platanes, les plus jeunes jouaient aux osselets ou aux billes, tandis que les plus grands, déjà familiers du lieu, occupaient tout l'espace, aiguisant leur vitesse ou leur esprit guerrier à trap-trap ou au ballon prisonnier. Nouvelles venues dans l'établissement, les filles s'étaient rassemblées sous le préau, Palais des vents idéal pour épier cette frénétique volière. Quelques élèves solitaires, plongés dans leur lecture, planaient bien loin de cette agitation. Sam observait ce nouveau monde, plus vaste, plus contrasté, mais doté d'invisibles frontières. Un petit carré bleu entra dans son champ de vision. L'enfant pâle, les mains dans les poches, flottait au-dessus du sol. Happé dans son sillage, Sam le suivait du regard. « C'est l'homme qui marche ! » Il sursauta. « Désolées, on t'a fait peur ? » dit l'une des jumelles. « C'est comme ça qu'on l'a surnommé », ajouta l'autre en riant. « C'est gentil ! En fait, il s'appelle Albert. On le connaît du cours de piano. Il est fantastique. » Sa sœur compléta : « Il a toujours très froid. C'est pour ça qu'il marche, marche, marche. »

Chaque heure réservait ses surprises, et celle du cours de langue fut de taille. Tout d'abord, le professeur était une femme et, quand elle écrivit son nom au tableau *Raisin* et précisa qu'en allemand cela se disait *Traube*, Sam eut l'impression de connaître ce mot. Les quelques bribes d'allemand qu'elle prononça pendant ce premier cours lui parurent d'une étrange familiarité. Sam s'en réjouit et mit cela sur le compte de la proximité avec l'anglais.

*Be not inhospitable to strangers Lest they be angels in disguise**

Les garçons n'arrivaient plus à se voir pendant la semaine. Nino, qui venait de commencer son apprentissage dans une imprimerie, partait aux aurores et rentrait tôt, mais Sam avait tellement de devoirs qu'il ne pouvait pas rester longtemps avec lui. Tiraillé entre le désir de jouer et celui de travailler, il avait toujours du mal à quitter la loge de Grada après le goûter. C'était souvent Nino qui prenait les devants : « C'est pas tout ça, mais je vais bosser ! », et joignant le geste à la parole, il prenait sa trompette et se dirigeait vers la cave, tandis que Sam montait s'installer à son bureau, une petite planche qu'Antonio lui avait fixée dans le renfoncement de la fenêtre. Face à face avec le ciel, il alternait devoirs et rêveries, sautant d'un nuage à l'autre.

Parfois, quand son père dormait, Sam était obligé de faire ses devoirs sur la table de la cuisine, pour le plus

* « Ne soyez pas inhospitaliers envers les étrangers, / ils pourraient être des anges déguisés. »
C'est l'une des phrases figurant sur les murs de la librairie Shakespeare & Company.

grand plaisir de Dorothy qui, quand elle commençait à parler, semblait ne plus vouloir s'arrêter. Il adorait sa petite sœur, mais se concentrer quand elle était dans les parages était une gageure. Il aurait aimé que leur mère l'emmène se promener. Il lui en fit la demande à plusieurs reprises, mais elle resta sourde à sa requête. Il se résolut donc à s'installer dans le couloir de l'immeuble lorsqu'il avait une leçon à apprendre par cœur. La plupart des chambres de bonne étant inoccupées, il pouvait y passer des heures sans être dérangé, assis à même le sol, entouré de cartes, de dieux grecs ou de ses improbables *ancêtres gaulois*. Malgré son admiration pour son professeur d'histoire-géographie, ses deux matières préférées étaient la musique et l'allemand. Quand Nino lui avait demandé pourquoi celles-là, il avait été incapable de répondre. Son *parce que* était resté suspendu. « Excellente raison ! » s'était amusé son camarade. « Parce que, parce que. »

Un peu plus tard, en y repensant Sam avait fini par trouver des arguments, mais y avait-il toujours une raison à tout ? S'il aimait bien ces cours c'était *parce qu'*il s'y sentait plus à l'aise, *parce qu'*il pouvait s'exprimer, qu'il avait la sensation que ça lui ouvrait des portes, le sentiment d'être écouté, peut-être aussi *parce que* ses profs étaient des femmes ; cela dit, à bien y réfléchir, il ne voyait pas trop le rapport. Mais à quoi bon chercher à comprendre ? Se serait-il posé la question sur l'origine de ses préférences, sans Nino ? Qu'importe, il tenterait de lui expliquer ce qu'il n'était pas sûr de bien comprendre lui-même. Il s'exprimait dans les deux comme si elles étaient ses langues maternelles, mémorisant leurs subtilités avec aisance et reconnaissant leurs nuances, comme si son oreille en était bercée depuis toujours. C'était un peu le cas de la musique, mais pour l'allemand ?

Sam discutait avec les jumelles quand ils virent Albert traverser la cour. « Suis-nous, tu vas voir ! » Une fois dans le couloir, il fut surpris par le silence. L'entrée du bâtiment était interdite aux élèves entre midi et deux. Il n'avait pas pour habitude de transgresser les règles, contrairement à ses deux amies qui aimaient bien les réinterpréter à leur façon. Comment avait-il pu se laisser embarquer ? Ils gravirent l'escalier quatre à quatre. « *Here we are!* » « Chut ! »

Sam n'avait jamais rien entendu d'aussi beau. Il n'avait pas d'autres mots. Si. C'était beau et triste. Il ferma les yeux et se laissa emporter par le piano. Il escalada lentement une colline, puis la dévala avant de partir à l'ascension de la suivante. Il ralentit, à bout de souffle, ralentit encore et, au moment de s'arrêter, repartit de plus belle. Ils se faufilèrent dans la classe. Elle était dans la pénombre. La musique continuait. Un immense couloir s'était substitué aux collines. Une femme entravée dans sa course par une longue robe exagérément serrée tentait d'échapper à ses poursuivants, ses talons hauts ne facilitaient pas sa course. Sam eut envie de hurler pour les faire fuir. Il avança lentement pour remonter à la source de ces images. Personne, juste une paire de gants aux longs doigts effilés, posée sur le piano. Il avança d'un pas et vit Albert, arc-bouté sur le clavier. Il jouait le visage au niveau des touches. De sa bouche entrouverte, il aspirait la musique s'échappant du piano. Il ne faisait qu'un avec elle, avec lui. Un rayon de soleil mettait dans ses cheveux blonds de la lumière. Sam, fasciné, fixait ses longs doigts à l'étrange pâleur. Tapi dans l'ombre de ce clair-obscur et tout à cette miraculeuse apparition, il oublia le reste du monde et toutes les peurs qui allaient avec.

Plus il découvrait Albert, plus Sam avait la sensation qu'il en savait davantage que la plupart de leurs camarades, et peut-être même que certains de leurs professeurs. Incollable sur la musique, notamment celle de Bach, Albert était également passionné de poésie. Il aimait la musique des mots, les images auxquelles elle donnait naissance. Pour lui, elle était l'essence de toute chose, leur reflet sublimé. Elle le réchauffait, lui permettait de *penser* ses plaies, lui tenait lieu de battements de cœur. Elle lui avait sauvé la vie quand il avait perdu son père. Il n'en parla qu'une fois à Sam, qui ne lui posa aucune question ni ce jour-là, ni plus tard d'ailleurs. Il ne savait pas comment aborder le sujet, ni même s'il fallait le faire. La réponse se trouvait peut-être dans le carnet à couverture noire mouchetée de blanc dans lequel Albert consignait des poèmes depuis plusieurs années.

Sam fut frappé par l'élégance de son écriture, tout en harmonieux pleins et déliés. « Je les copie toujours avec une plume Sergent-Major et un pot d'encre que Bon-Papa m'a offert. » Textes entiers ou bouquets de vers adressés *À une passante* ou inspirés par *La Lorelei* côtoyaient *Paris at Night* ou *Souvenir*. Poètes classiques, contemporains, dont certains d'avant-garde, Albert ne faisait aucune différence, sautant d'un siècle à l'autre au fil des pages. Le seul point commun de tous ces poètes, est qu'ils étaient français. Tout en lui en faisant la remarque, Sam se rendit compte qu'il n'en connaissait pas d'autres, lui non plus. Il se mit donc en quête de poètes anglophones et, comme il ne trouva rien dans la bibliothèque du lycée, Albert eut l'idée d'aller chez Shakespeare & Company. Entrant pour la première fois dans une librairie, Sam était aussi intimidé qu'excité par ces murs recouverts de livres du sol au plafond. Comment les étagères supportaient-elles ce poids ? Comment trouver ce qu'ils cherchaient, et d'ailleurs, que cherchaient-ils, au juste ? Poussé par Albert, Sam s'adressa dans sa langue maternelle à une jeune libraire qui venait d'échanger avec plusieurs personnes en anglais. Elle se dirigea droit vers un coin du magasin, choisit deux livres qu'elle leur tendit en leur adressant un grand sourire, puis leur indiqua un banc où ils seraient tranquilles.

Leaves of Grass de Walt Whitman, Sam caressa la couverture du livre, puis l'ouvrit en prenant une page au hasard. Il commença à lire à voix basse, chuchotant à l'oreille d'Albert qui, bercé par le rythme des phrases, ferma bientôt les yeux. Sans vraiment comprendre ce qu'il lisait, Sam dévalait le texte, entraîné par la gravité de la pente jusqu'au moment où il trébucha sur un passage :

What do you think has become of the young and old men?

And what do you think has become of the women and children?

*They are alive and well somewhere**.

Il s'arrêta net après cette phrase. Surpris par son silence, Albert ouvrit les yeux et croisa le regard brillant de son ami. Il enroula un bras autour de son épaule et l'attira doucement contre lui. Sam s'abandonna à ses larmes.

---

* « Que pensez-vous qu'il soit advenu des jeunes et des hommes âgés ?
Et que pensez-vous qu'il soit advenu des femmes et des enfants ?
Ils sont vivants et bien portants quelque part. »

Les Raboteurs de parquet

Les vacances approchaient et les élèves avaient déjà la tête ailleurs. Certains avaient hâte d'être en colo, tandis que d'autres se réjouissaient de retrouver leurs grands-parents ou de partir avec leurs parents. La plupart restaient en France ou poussaient jusqu'à la Costa Brava ou le Sud de l'Espagne. Il y avait aussi les inconditionnels de l'Italie, comme la maman d'Albert qui, perpétuant une tradition du temps de son défunt mari, y séjournait chaque été avec son fils unique. Leur pèlerinage les conduirait cette année en Toscane ; Albert regrettait de ne pas retourner à Naples. « C'est une ville extraordinaire, et puis j'ai découvert l'opéra au San Carlo. J'ai eu la chance d'entendre la Tebaldi. J'en ai encore la chair de poule. » Enchanté par cet enthousiasme qu'il ne lui connaissait pas, Sam buvait les paroles de son ami, sans en saisir totalement le sens. Il aurait aimé lui répondre, ne pas gâcher sa joie, mais il devait avant tout comprendre ce qu'était l'*opéra* et le lui demanda. Albert, confus, tenta de lui expliquer la magie de cet art et promit que, à son retour, il lui ferait écouter *Madame Butterfly* par la fameuse Tebaldi et par une certaine Maria Callas. À l'attente d'Albert se superposa dès lors pour Sam celle de ces Cio-Cio-San.

L'été s'annonçait interminable, loin de son ami. Heureusement, Nino, dont les cours s'arrêtaient eux aussi pendant deux mois, était plus libre. Il continuait à travailler à l'imprimerie. Affecté au quotidien du matin, il avait des horaires de nuit, ce qui lui laissait une bonne partie de la journée. Il avait réussi à faire embaucher Sam comme crieur de journaux et l'attendait tous les matins, quand il venait chercher ses exemplaires du jour. Ils rentraient alors ensemble jusqu'à Saint-Germain. Sam découvrait l'univers singulier des premiers métros, devenu si familier à Nino qui, non sans une certaine fierté, s'amusait de son étonnement. Paris s'était vidé, pas ses entrailles. Ceux qui faisaient vivre la ville sans pouvoir s'en échapper, ceux qui mettaient les bouchées doubles avant d'accéder à un éphémère répit, ou encore ceux qui semblaient s'y être échoués, étaient bien là, se croisant sous terre, aux aurores. De tous ces visages naquirent leurs *éphémères*, de courts portraits que Sam et Nino prenaient plaisir à imaginer ensemble à la volée. Parfois, en arrivant rue Saint-Benoît, ils croisaient Charly ou Wiktor qui prenaient un café au comptoir avant de partir se coucher. Sam déposait son stock devant la loge de Grada, puis s'installait avec un paquet de journaux à l'entrée de la station de métro. Il en laissait ensuite une soixantaine d'exemplaires sur la place avec un cendrier pour que les gens puissent payer, puis commençait la tournée des terrasses du quartier : le Flore, Les Deux Magots, Lipp…

Si crier la Une avait été difficile au début, Sam avait pris un peu d'assurance, notamment grâce à la confiance que lui témoignaient ses habitués. Au bout d'un mois, il connaissait leur rituel, leurs horaires, leur place préférée en terrasse ou attitrée dans la salle de tel ou tel établissement. Les touristes, nombreux en cette saison, achetaient rarement la presse, mais l'interpellaient souvent pour trouver leur chemin. Très à l'aise quand il s'agissait de Saint-Germain-des-Prés, il se sentait incapable de les orienter plus loin, n'ayant que peu l'occasion lui-même de sortir de son quartier. Quand Jean l'aborda, remarquant son léger accent anglais, il lui répondit dans sa langue maternelle et fut surpris qu'elle lui demandât un journal. Les jours suivants, il la revit à la terrasse du Flore. Elle y retrouvait ses habitudes à la suite d'une longue absence qui l'avait tout d'abord ramenée à New York pour soigner sa mère. Après son décès, incapable de rester dans ce pays où elle n'avait plus d'attaches, elle avait décidé de *rentrer* à Paris, où elle avait passé l'essentiel de sa vie. À peine sa valise posée, elle avait repris le train pour Stockholm où Bergman tournait son nouveau film. Elle avait prévu d'y passer un mois pour préparer un long papier sur ce réalisateur qu'elle avait découvert avec *L'Attente des femmes*, mais sa rencontre avec Ingrid avait *légèrement* modifié ses plans.

Elle avait finalement passé deux ans en Suède, profitant de ce séjour prolongé pour envoyer au *New Yorker* une série de portraits de femmes de lettres suédoises, qu'elle avait tout naturellement entamé avec Selma Lagerlöf et Astrid Lindgren. Elle n'avait dérogé qu'une seule fois à la règle avec une autrice finlandaise, Tove Jansson, sur laquelle Ingrid ne tarissait pas d'éloges.

Jean arrivait généralement vers 8 heures. Buvait un expresso sans sucre, puis allumait sa première Craven A sans filtre, avant de se mettre à écrire dans son grand carnet indigo. Avec son deuxième café, le serveur lui apportait la presse du jour, sauf *L'Humanité* qu'elle achetait toujours à Sam. Ingrid la rejoignait en milieu ou en fin de matinée. En fonction de l'heure et de leur humeur, elles commandaient un thé ou un verre de vin blanc. Des amis se joignaient régulièrement à elles. En repassant devant la terrasse pour aller refaire son stock de journaux, Sam regardait toujours dans leur direction, avide d'échanger un sourire qu'elles ne manquaient jamais de lui rendre, souvent accompagné de quelques mots en anglais lorsqu'elles n'étaient pas en grande conversation. Nino le taquinait au sujet de ces bonnes fées qu'il avait baptisées les *madrinhas,* les *« marraines ».* Sam trouvait que ce surnom leur allait bien.

Il les connaissait peu, à vrai dire pas du tout, mais il avait la sensation que ces inséparables veillaient sur lui. Grâce à

Jean, il était devenu l'un des *hawkers** de la revue littéraire *Paris Review*, ce qui lui permettait de rapporter un peu plus d'argent à la maison. Sam se réjouissait de les croiser tous les matins et, s'il mourait d'envie de retrouver Albert, il redoutait aussi de ne plus les voir, les vacances finies. Il n'avait pas vraiment conscience de l'importance qu'elles avaient pris peu à peu pour lui, mais lorsqu'il ne les vit pas deux jours d'affilée, il en fut si troublé que, prenant son courage à deux mains, il demanda de leurs nouvelles au serveur. Ce dernier se moqua de lui et lui asséna cette réflexion aussi idiote que cruelle : « deux de perdues, vingt de retrouvées ». Une semaine plus tard, alors qu'il repassait devant la terrasse en fin de matinée, une fois sa pile de journaux épuisée, Sam vit Jean. Le teint légèrement hâlé, elle était plus décontractée qu'à son habitude. Elle avait troqué son blaser et son chemisier blanc contre un polo marin. Il aurait voulu se précipiter, lui dire qu'elles lui avaient manqué, qu'il avait eu peur de... Non, c'était ridicule. Alors il était simplement allé vers elle en souriant. Jean était seule. Ça le perturbait. À cette heure-là, Ingrid était déjà arrivée, d'habitude. Il avait hésité à lui demander de ses nouvelles, mais n'en fit rien. Il ne savait rien d'elles, mais il ne parvenait pas à les imaginer l'une sans l'autre, elles lui paraissaient indissociables. Il fila au kiosque acheter un journal pour Jean. Quand il revint,

* « Colporteurs ».

Ingrid était là, les bras chargés de fleurs. Elles l'invitèrent pour la première fois à leur table.

Les ouvriers du livre étant en grève, Nino proposa à Sam, libre comme l'air, de l'accompagner jusqu'à Montparnasse pour apporter son déjeuner à Antonio. Il n'était jamais allé aussi loin de ce côté-là. Immeubles plus hauts, rues plus larges, foule plus mélangée, avertisseurs plus sonores, odeurs plus fortes : la frontière du boulevard à peine franchie, Sam eut l'impression de débarquer dans une ville étrangère. Tout le surprenait, parce qu'il ne pouvait s'empêcher de faire la comparaison non seulement avec son propre quartier, mais aussi avec l'image qu'il s'était faite de cet ailleurs. Il était à la fois inquiet, émerveillé, déçu, aucun de ces sentiments ne semblant prendre le dessus. Perdant peu à peu le fil du parcours et l'objectif d'une destination finale, il commença à lâcher prise, éprouvant l'envie d'être seul, vraiment seul pour se laisser prendre par l'inconnu, se fondre en lui, le respirer, l'éprouver, le vivre. « Nous y voilà ! » annonça Nino, qui ajouta en riant : « Ici la Terre. Vous me recevez ? À vous la Lune, prêt partez ? »

Détachant son regard de l'élégante façade de grès ocre percée d'immenses verrières, Sam lui rendit son sourire et lui donna une tape amicale sur l'épaule. Tout excité à l'idée d'entrer dans cet immeuble si singulier, il ne vit pas la marche et s'étala de tout son long. « Alors, i sait pas marcher avec des chaussures, le bamboula ? » Alors que Sam serra les dents et ne chercha même pas à répondre, Nino brandit ses poings en direction du cerbère qui venait d'insulter son ami, mais il se ravisa devant sa taille inversement proportionnelle à son intelligence. La bagarre ne lui faisait pas peur, surtout s'il s'agissait de défendre un ami ou une bonne cause, il choisit cependant d'être raisonnable, pour une fois. Propulsé par sa rage, Nino monta les cinq étages en courant, Sam eut du mal à le suivre. Le bruit des outils couvrait celui de la sonnerie. Antonio mit du temps à venir leur ouvrir la porte : « Alors, les gars, en vacances ? » Il les conduisit à travers l'appartement jusqu'à la pièce dont ils étaient en train de refaire le parquet. Concentrés sur leur tâche, les ouvriers ne les entendirent pas arriver. Malgré la chaleur étouffante, la fenêtre était fermée. Les trois hommes travaillaient torse nu. Sam fixait les muscles fuselés de celui qui passait le rabot quand Nino donna le signal du départ : « Bon courage, les gars. On y va ! » « On y va ! » insista-t-il auprès de Sam, déçu de devoir s'arracher à ce si plaisant spectacle.

Un bel dì, vedremo

Cela faisait une semaine que les cours avaient repris, et toujours pas de nouvelles d'Albert. Sam commençait à s'inquiéter. Son ami était plutôt solitaire et, après le départ des jumelles dont le père venait d'être nommé à Buenos Aires, il ne savait pas trop à qui s'adresser pour en avoir. Il interrogea quelques élèves de sa classe, qui n'en savaient pas davantage. Qu'avait-il bien pu se passer ? Sa mère aurait-elle décidé de rester en Italie ? S'il avait été à Paris, il lui aurait donné signe de vie. Tous les matins, en traversant le Luxembourg, Sam espérait voir surgir *son homme qui marche*. Les jours passaient et toujours aucune trace de lui. L'angoisse et ses scénarios improbables avaient fini par prendre le pas sur sa déception. Quand Grada lui remit la carte postale, Sam faillit lui sauter au cou. Avant même de la retourner, il savait qu'elle était de lui. Enfin ! Il but les mots d'Albert, comme un élixir revigorant :

Cher Sam, j'espère que tu vas bien. Je t'écris du plus bel endroit au monde (la dernière surprise de maman). Retourne la carte. C'est beau, non ? Cette phrase de Stendhal est affichée dans notre hôtel : « Que dire du lac de Côme, sinon plaindre les gens qui n'en sont pas fous ? » Crois-moi, je ne suis pas à plaindre. Je crois que je vais demander à maman de revenir ici chaque année. Peut-être qu'un jour tu pourras venir avec nous. Je suis sûr que tu en serais fou, toi aussi. Je suis triste de quitter ce lieu demain, mais je me console, car on se voit bientôt. Prends soin de toi.

Ton ami, Albert.

Sam la lut et la relut encore et encore. Il était si heureux. Il n'avait jamais reçu de carte postale, et elle était écrite par son meilleur ami. À peine eût-il formulé cela qu'il se sentit coupable vis-à-vis de Nino. N'était-ce pas lui, son *meilleur ami* ? Celui qui l'avait accueilli lorsqu'il était arrivé à Paris. Qui lui avait appris plein de mots, petits et gros. Qui lui avait prêté ses jouets. Qui avait partagé ses goûters avec lui. Qui l'avait défendu dans la cour de récréation. Et qui, encore aujourd'hui, était toujours là pour lui. Et puis, il y avait aussi Grada et Antonio qui le considéraient comme un fils. Ça y est, il avait le mot juste, Nino était son *frère*, son *frère de cœur.* Et bientôt, il retrouverait son *meilleur ami* qui allait enfin lui faire écouter ces fameuses voix de soprano. Ensemble, ils reprendraient leurs rendez-vous au Luxembourg, retourneraient à la librairie. Il irait l'écouter en salle de musique et lui ferait découvrir le merveilleux livre que Jean venait de lui offrir. Il était impatient de lui faire partager ce passage de *Lettres à jeune poète* qu'il avait souligné en pensant à lui.

Vous êtes si jeune, si neuf devant les choses, que je voudrais vous prier, autant que je sais le faire, d'être patient en face de tout ce qui n'est pas résolu dans votre cœur. Efforcez-vous d'aimer vos questions elles-mêmes, chacune comme une pièce qui vous serait fermée, comme un livre écrit dans une langue étrangère. Ne cherchez pas pour le moment des réponses qui ne peuvent vous être apportées, parce que vous ne sauriez pas les mettre en pratique, les « vivre ». Et il s'agit précisément de tout vivre. Ne vivez pour l'instant que vos questions. Peut-être, simplement en les vivant, finirez-vous par entrer insensiblement, un jour, dans les réponses.*

Continuant la liste de ses envies, Sam se dit qu'il allait lui présenter Nino. Comment n'y avait-il pas pensé plus tôt ? Il avait bien parlé de l'un à l'autre, mais l'idée que ces deux mondes parallèles puissent se rejoindre ne l'avait à vrai dire jamais effleuré. Il se promit donc de défier au plus tôt les lois de la géométrie. Il était sûr qu'ils allaient bien s'entendre, qu'ils parleraient musique et qu'ils joueraient ensemble. Ce serait l'occasion de s'y remettre. Il avait hâte de retrouver Albert. Pour une fois, Sam laissa voleter dans son ventre ces papillons qu'il avait pour habitude

* *Lettres à un jeune poète*, Rainer Maria Rilke, 1937, traduction de Bernard Grasset.

de réduire au silence en les épinglant entre les lignes de son carnet.

Lœti et errabundi

Sam aperçut la mère d'Albert et voulut courir à sa rencontre. Il était si heureux. Il n'en croyait pas ses yeux. Il allait abreuver son ami de questions. Non, seulement l'écouter. Et puis il lui dirait tout ce qu'ils allaient faire ensemble, et peut-être même combien il lui avait manqué. Il s'en voulait d'avoir perdu espoir. Se promettait d'être plus patient, à l'avenir. D'éviter de broyer inutilement du noir. De voir toujours le verre à moitié plein. Il respira un grand coup et ralentit le pas, il ne voulait pas l'effrayer ou paraître trop familier. À vrai dire, elle l'intimidait. Il ne lui avait jamais parlé. C'était l'occasion de se lancer. Il ajusta sa veste, passa sa main dans ses cheveux, se redressa et s'approcha d'elle avec un grand sourire. Celui qu'elle lui rendit avait un pâle éclat qui l'émut. Ses yeux, bleus comme un ciel d'hiver, le fixaient sans le voir. Il ne l'imaginait pas ainsi. Il regrettait d'être allé à sa rencontre. Il aurait dû se contenter de la saluer de loin. Il n'avait qu'une hâte, à présent : prendre congé et courir retrouver son ami. Sans doute s'en était-elle rendu compte, car elle posa sa main sur son avant-bras. Il fut désarçonné par ses doigts longs et fins à la blancheur évanescente, les mêmes qu'Albert.

« Venez », dit-elle avec douceur. Ils traversèrent simplement la rue et entrèrent dans le jardin. Ils marchaient côte à côte, en silence. Elle le dépassait légèrement à cause de ses hauts talons. Tous les adultes qu'ils croisaient les regardaient avec plus ou moins d'insistance ou une discrétion toute relative. À se perdre dans le regard des autres, il avait oublié qu'elle l'avait emmené là pour lui parler. De quoi, au juste ? Il craignait des reproches. « Albert m'a raconté votre savant parcours pour aller l'écouter jouer sans passer devant la salle des professeurs. Il m'a parlé de vos lectures. Et je vous remercie, car grâce à vous j'ai découvert Whitman. En français, je le concède. »

Sam imagina son ami parlant de lui à sa mère, lui qui disait si peu à la sienne. Elle évoqua encore l'admiration d'Albert pour son aisance avec les langues et plusieurs autres détails qui finirent par le troubler. Elle parlait d'une voix douce, posée et sans accent, remarqua-t-il. Il était heureux et terriblement gêné à la fois qu'elle en sût autant sur lui. Puis son impatience se teinta d'une indicible angoisse. Elle n'était tout de même pas venue dans le seul but de lui répéter les propos de son fils. Il essaya de se calmer.

« Je voulais vous remercier car vous avez été un rayon de soleil pour lui, vous l'avez réchauffé, lui qui avait toujours si froid. »

Son sang se glaça en l'entendant parler au passé. Chacune des phrases qui suivirent le transperça. Pointes acérées impossibles à retirer de sa chair, certains mots se plantèrent en lui comme autant de flèches annonciatrices d'une immuable douleur. Les yeux brouillés de larmes, il la vit ouvrir son sac. Il saisit le mouchoir blanc qu'elle lui tendait, surpris par sa rigidité, il le souleva et découvrit un petit carnet. Non pas celui à couverture noire mouchetée de blanc qu'il connaissait, mais un autre, plus petit, bleu ciel.

« Il m'a dit de vous le remettre. Il l'avait fait pour vous. »

Sam avait du mal à déglutir. Sa mâchoire était si serrée que la douleur lui remontait jusqu'en haut du crâne. Il ne voulait surtout pas s'effondrer, par respect pour elle. Après un long silence, elle se leva et prit congé d'un sourire fané. Il la suivit du regard jusqu'à ce qu'elle disparaisse derrière le bosquet d'aubépine qu'Albert aimait tant. Il ouvrit le carnet.

Nous allions – vous en souvient-il,
Voyageur où ça disparu ? –
Filant légers dans l'air subtil,
Deux spectres joyeux, on eût cru !

Contrairement à la mort présumée de Rimbaud qui inspira ces vers à Verlaine, celle d'Albert était bien réelle. D'abord inconcevable pour Sam, cet éternel non-retour devint un gouffre. Plus qu'un ami, c'est une part de lui-même qu'il perdait, son frère d'âme, son *âme sœur. La rue assourdissante autour de [lui] hurlait.* Sourd au moindre signe de vie, Sam dut son salut *À une passante.* Il quitta le jardin en récitant les derniers vers de ce poème prémonitoire de Baudelaire qui le hantait depuis si longtemps.

Ne te verrai-je plus que dans l'éternité ?
Ailleurs, bien loin d'ici ! trop tard ! jamais peut-être !
Car j'ignore où tu fuis, tu ne sais où je vais,
Ô toi que j'eusse aimée, ô toi qui le savais !

Une chambre à soi

Comment Nino aurait-il pu savoir à quel point la perte d'Albert avait atteint Sam ? Ce dernier ne lui disait rien. Bien qu'il n'ait pas les mots, lui non plus, il s'ingénia à être plus présent aux côtés de son ami et se débrouilla pour que Sam puisse distribuer les éditions du soir, ses horaires de cours étant incompatibles avec la vente des éditions matinales. Le matin, avant d'aller au lycée, Sam livrait désormais des bouteilles de lait en porte-à-porte pour le compte d'un crémier du quartier. Parti très tôt, bien avant que son père ne rentre, il le croisait parfois en fin de journée quand Charly partait jouer. Les jours où il mettait plus de temps à écouler son stock de journaux, Sam ne le voyait même pas. Il rentrait au plus vite, mangeait rapidement et vérifiait le travail de Dorothy avant de se mettre à ses propres devoirs. Rosa qui veillait à ce que la petite travaille, ne lui était malheureusement pas d'un grand secours. Elle avait certes appris à lire au catéchisme et se débrouillait pour écrire en anglais, mais le français déjà difficile à appréhender à l'oral restait pour elle totalement énigmatique à l'écrit. Avide d'apprendre et conscient qu'il lui était indispensable de participer aux besoins quotidiens de la famille, Sam dévorait avec un féroce appétit ses journées sans fin. Ses revenus couvraient un certain nombre de charges du foyer et, s'il avait décidé de prendre cette place chez le crémier, c'était également dans l'espoir qu'ils puissent louer une chambre supplémentaire, à défaut d'être en mesure de s'offrir un véritable appartement. Rien n'était encore gagné, et ils économisaient sou par sou dans la perspective inéluctable, Dorothy grandissant, que la chambre serait bientôt trop petite pour eux quatre. Grâce aux arguments et aux cocktails de Wiktor, leur propriétaire finit par accepter de louer à Charly la chambre de bonne attenante à la leur. Il ne leur demandait qu'une modique somme en plus des heures de repassage que Rosa allait faire pour lui. L'idée venait de Grada, qui s'occupait jusque-là de cette tâche. Maintenant que Nino touchait un vrai salaire, elle pouvait passer le relais à son amie. Ces quelques heures constitueraient une monnaie d'échange pour cette seconde chambre, et cela permettrait également à Rosa de s'émanciper.

La première étape consista à se frayer un passage dans le bric-à-brac abandonné là au fil du temps par M. Henri ou l'un de ses prédécesseurs délestant l'immense appartement du premier étage de ces *sait-on jamais* dont regorgent caves et greniers. Sam s'ingénia à regrouper ces trésors cachés contre un même mur pour dégager un espace suffisant. Nino tomba sur une caisse d'affiches de cinéma, presque exclusivement de films allemands, qui trouvèrent aussitôt une fonction : cacher la peinture écaillée. Sam et Nino improvisèrent une étagère pour ranger tout ce fourbi, posèrent à même le sol un vieux matelas de laine auquel Rosa avait donné une seconde vie. Ils installèrent le petit bureau fabriqué par Antonio. Une caisse devint chaise, une autre table de nuit. Une chambre à soi, avec une ampoule au plafond, même sans eau et sans chauffage, Sam se sentait privilégié et culpabilisait par rapport à Nino qui dormait sur un lit pliant dans le salon-salle-à-manger-cuisine de la loge. Mais son frère de cœur était tout simplement ravi pour lui.

Une fois seul, Sam sortit le carnet d'Albert et lut un passage. Il lui suffisait de regarder les premiers mots pour que le reste du texte défile dans sa tête. Il le connaissait par cœur, à force de le lire et de le relire. L'effet était toujours le même, celui d'un alcool fort, une chaleur sur la langue qui brûle ensuite la gorge avant d'enflammer les pensées. Pour circonscrire l'incendie, il lui fallait écrire. Il ouvrit le journal qu'il tenait depuis la disparition d'Albert. Chaque jour, il y décrivait le ciel de Paris tel que son ami aurait pu le voir. Il recouvrit plusieurs pages de ses illisibles pattes de mouche. Sam enchaînait compulsivement des mots sans suite et sans idées, de peur d'être tout à fait désarçonné. Des mots comme les silences d'un sentiment inavouable, à lui-même inavoué. Des mots traversant, trahissant, transmutant ses pensées. Un trop-plein débordant sur le papier comme des larmes *in-versées*.

Une goutte tombant de la lucarne vint s'écraser sur son cahier, transformant son sang d'encre en mots éparpillés. Il n'était plus seul au monde. Le ciel, lui aussi, pleurait.

Un petit poisson, un petit oiseau

Dès ses débuts à la rédaction, Marie était venue rencontrer l'équipe de l'imprimerie. Craignant, comme cela lui était déjà arrivé à maintes reprises lors sa longue carrière, qu'elle ne vienne reprocher aux typographes une coquille intentionnelle ou une quelconque censure, le chef d'atelier l'avait reçue plutôt froidement, comme il l'avoua en riant à Nino avant d'ajouter : « J'ai bien vite baissé les armes. Si tu l'avais vue aller de l'un à l'autre, serrer chaleureusement toutes les mains, même celles tachées d'encre. Elle posait des questions, s'intéressait à chacun. Elle a du caractère – et je sais de quoi je parle. Elle y va franco, elle m'a reproché d'entrée de ne pas avoir une seule femme dans mon équipe ! »

Déçu de l'avoir ratée et intrigué par cette description, Nino commença à lire les articles de Marie : bombardement d'un campement de Touaregs de l'Adagh, indépendance du Kenya, Marche sur Washington pour l'emploi et la liberté. Ses papiers, qui faisaient écho à ses propres préoccupations, allaient parfois très loin, parfois pas assez. « Y a qu'la censure pour lui clouer le bec, lui expliqua le chef d'atelier. On est fliqués pire que sous Vichy ! C'est pour ça qu'on met vite en page les articles qui vont déplaire à ces messieurs. Quand ils les découvrent juste avant l'impression, ils ne peuvent que les supprimer. Et le lendemain, on sort le journal avec des grands blancs bien visibles pour que tout le monde puisse apprécier leur travail de sape. »

À la suite de cet échange, Nino eut un autre regard sur les papiers de Marie. Il s'ingénia à lire entre les lignes, s'interrogea sur ses non-dits, intentionnels ou fruits défendus par la censure. Plus il la lisait, plus il avait envie de la rencontrer. Certes, il aimait ses choix révélant une certaine audace, sa façon d'écrire, ses titres souvent à double sens, mais jusqu'ici il ne lui serait jamais venu à l'idée de faire la connaissance de grands journalistes, dont il ne ratait pourtant aucun article. Il n'osait pas demander à son chef de la lui présenter ; c'eût été si facile. Que craignait-il ?

Il décida de se confier à Sam. Incapable de tenir en place, il allait et venait dans la minuscule chambre de bonne.

– Nino. Assieds-toi, s'il te plaît, avant que j'attrape un torticolis !

Enfin posé, Nino se calma un peu.

– Je sais, ça peut paraître bête, cette idée fixe. Si ça se trouve, je n'aurai rien à lui dire. Enfin si, j'aurais des questions, mais bon… Tu vois, c'est bizarre, quand je lis ses articles, j'ai l'impression qu'elle me parle. C'est comme si elle me montrait le monde du doigt.

– Et toi, tu regardes le doigt ! le taquina Sam.

– Tu as peut-être raison. Mais j'ai la sensation que, ensemble, on pourrait crier plus fort, dénoncer des injustices. Bon, j'arrête, j'suis sûr que tu me prends pour un fou. Ça fait une heure que j'te raconte que je rêve de rencontrer une fille juste parce que j'aime bien ce qu'elle écrit…

– Et alors ? C'est merveilleux, non ?

Sam tenta de lui parler du carnet d'Albert, de ce bouquet de poèmes qu'il avait délicatement composé pour lui. Mais il eut la sensation de s'engager sur un sentier glissant. Il craignait de ne pas trouver les mots ou pire d'éclater en sanglots. Aussi, à peine l'eut-il évoqué qu'il changea de sujet, non sans avoir pris une grande inspiration le plus discrètement possible :

– Tu copies toujours des citations comme quand on était petits ?

Nino avoua que ça faisait un bon moment qu'il ne l'avait pas fait, d'ailleurs, il ne savait plus vraiment où était son carnet.

– Bonne idée. J'suis sûr qu'il y a des phrases pour elle.

Dix jours plus tard, Nino demanda s'il pouvait livrer lui-même aux journalistes les premiers exemplaires sortis de presse. Mais il ne parvint pas à dépasser le hall d'entrée, arrêté dans son élan par un groom grommelant que cette tâche lui incombait. Ayant rapidement percé le secret de Nino, son chef décida de donner un coup de pouce au destin.

Arrivé le premier au Café du Commerce, Nino s'installa au comptoir. Une demi-heure plus tard, son chef, toujours ponctuel, n'était pas là. Sans doute un problème de métro. Nino fit signe au barman :

– Un café, s'il vous plaît.

– Bonjour. La même chose, s'il te plaît.

Le barman salua la nouvelle venue d'un grand sourire.

– C'est comme si c'était fait, mamzelle.

Nino n'eut pas le temps de réagir. Elle se tourna vers lui :

– Vous êtes Nino, je présume, moi, c'est Marie.

– Ma… rie… Marie.

Reprenant ses esprits, Nino lui sourit à son tour et lui tendit la main :

– Enchanté !

– Moi aussi. Je veux bien que vous me rendiez ma main avant que mon café ne refroidisse.

Ils éclatèrent de rire ensemble.

Son chef ne les rejoignit pas, mais Nino mit du temps à comprendre que c'était lui qui avait tout manigancé, tant il était persuadé que cette rencontre était le fruit d'une merveilleuse coïncidence. Il ne parvint pas non plus à s'expliquer comment Marie l'avait reconnu et n'osa jamais le demander, ni à l'un, ni à l'autre.

Très vite, ils devinrent inséparables. À l'instar de leur complicité, la conscience politique de Nino crût de jour en jour. Il pouvait enfin s'engager, ce que lui avait toujours vivement déconseillé son père. Arrivé à Paris avec sa mère, farouche opposante de Salazar, alors qu'il n'avait que deux ans, Antonio vivait toujours dans la crainte de représailles. Grada qui avait débarqué en France avec son frère à dix-neuf ans pour fuir la misère, avait une tout autre vision des choses. Pour elle, il fallait être fier de ses racines et les cultiver. Elle ne parlait que portugais à Nino, ce qu'Antonio lui reprochait parfois, notamment lorsque leur fils faisait des fautes de français. Il ne voyait cependant aucun inconvénient à ce qu'elle cuisinât portugais, au contraire. Il ne pouvait cependant s'empêcher de lui faire remarquer que la *feijoada* de sa propre mère était tout de même meilleure que la sienne. Vexée au début, Grada avait fini par s'en amuser, au point qu'elle devançait sa réflexion chaque fois qu'elle le servait. Nino, qui en raffolait, pimentait souvent leur discussion d'un « je ne pense pas que celle de maman soit égalable ».

Passeur de mots

Sam n'avait pas vraiment compris ce que Jean attendait de lui, mais depuis qu'elle lui avait proposé de venir chez elle, il comptait les jours. Nino l'asticotait en lui demandant s'il avait trouvé une « deuxième maman », répondant sans doute ainsi à la taquinerie de Sam sur la différence d'âge entre lui et Marie, qui soit dit en passant n'avait que trois ans de plus et qui l'avait, lui aussi, conquis dès leur première rencontre.

L'appartement de Jean l'impressionna. Il n'en avait jamais vu d'aussi grand. N'ayant pas eu l'occasion d'être convié par ses camarades de classe, il n'avait en fait aucun élément de comparaison. Le hall d'entrée faisait au moins deux fois la taille de sa propre chambre. Le salon était éclairé par trois grandes fenêtres et les murs recouverts de tableaux. Jean s'absenta pour préparer le café. Avalé par le gros fauteuil en cuir un peu défoncé dans lequel elle l'avait invité à s'asseoir, Sam balaya la pièce du regard avant de le poser sur une petite sculpture, qui lui fit penser à un bronze du musée Rodin. Quand Jean revint, un mug dans chaque main, elle remarqua qu'il fixait le petit tableau accroché au-dessus de la cheminée et sourit. Elle s'adressa spontanément à lui en français : « On les a mises là pour qu'elles n'aient pas froid. » Sam se sentit rougir, pris en flagrant délit d'observation de ces femmes nues enlacées. « Nous aimons beaucoup *Les Deux Odalisques*, c'est une allégorie de la rencontre de l'Afrique et de l'Europe. On dit que son auteur, M. Auguste, aurait inspiré Delacroix », dit-elle en souriant.

Nous, elle avait bien dit *nous* ! Elle était donc mariée. Depuis cinq ans qu'il la connaissait, cette question ne l'avait pas effleuré. Il la voyait si libre, toujours seule, avec Ingrid ou entourée d'amis. « Allongé. Ça te convient ? » Sam sursauta : « Par... pardon ? » Il tenta de se redresser. Peut-être devait-il se lever, car elle était debout. Quels étaient les codes ? Remontant à la surface de ses pensées à défaut de s'extirper du fauteuil happeur, il l'entendit préciser : « Mon café est *allongé*. Je prends toujours un expresso à l'extérieur, mais à la maison, j'aime bien mon *américain*. J'espère que toi aussi. » Son qui ? Son Américain ? Saisissant enfin le mug qu'elle lui tendait, il hocha la tête sans vraiment savoir quelle était la question.

Elle ouvrit la fenêtre et alluma une Craven A : « J'adore cette petite place. Viens voir. Tu vois le numéro 6 ? Viens, décale-toi un peu. » Elle lui mit la main sur l'épaule, cette marque d'affection le déstabilisa d'autant plus qu'elle l'attira vers elle : « Delacroix, Bazille et Monet ont vécu là. Tu imagines ! D'ailleurs, c'est là que Monet a peint son

Déjeuner sur l'herbe. » Il connaissait Delacroix, dont il avait vu les peintures murales à Saint-Sulpice, mais Bazille et Monet ne lui disaient rien. Son embarras était palpable. Jean le réconforta d'une petite tape sur l'épaule qui le fit à nouveau tressaillir : « Ne t'inquiète pas. Je t'apprendrai. Je te prêterai des livres, et puis on a la chance de vivre à Paris, la ville des musées. » La chaleur de sa main aimantait son corps et ses pensées tout entières. Elle se diffusait dans son dos, dans son cou, sur l'arrière de son crâne, comme une douce caresse. Il se retenait de fermer les yeux, tentant de se raccrocher à ses mots.

« *Hello there! You take advantage of your young friend to smoke**. » Ingrid, les bras chargés d'un énorme bouquet d'iris, venait d'entrer dans l'appartement. Elle n'eut pas le temps de déposer les clés que Jean lui décocha avec un petit sourire en coin : « *And you to buy flowers. So you can never get enough! Well, I'm starting to explain it to him***. »

Le bureau était *awfully crowded**** ! Ce sont les mots qui vinrent à l'esprit de Sam en pénétrant dans cette pièce sombre dont trois murs étaient entièrement recouverts de livres. Sur le quatrième, d'un rouge flamboyant, un pêle-mêle de petits cadres contenant des photos. Jean lui confia qu'elle appelait, sciemment en français, insista-t-elle, *la diaspora de mon cœur* cet ensemble de portraits

* « Bonjour ! Tu profites de ton jeune ami pour fumer. »
** « Et toi, pour acheter des fleurs. Car tu n'en auras jamais assez. Mais bon, j'ai commencé à lui expliquer. »
*** « Très encombré. »

de tous ses proches vivant un peu partout dans le monde. Sam s'attarda sur une photo d'Ingrid posée sur le bureau. « J'aime beaucoup ce portrait. C'est notre amie Dora qui l'a fait. »

Jean expliqua à Sam que l'idée des *SOlo exhibits by Women ArtisTs*, les *SO WhAT* venait d'Ingrid. Héritier d'une grande papeterie, le père d'Ingrid avait développé une collection de papiers rares très prisés par les artistes et l'édition de luxe. Il avait décidé de réinvestir tous les bénéfices de cette florissante activité dans le soutien de jeunes artistes. Ingrid qui partageait sa passion, lui avait très tôt fait remarquer que dans sa collection, tout comme dans les expositions ou les musées qu'ils visitaient régulièrement ensemble, il n'y avait que des œuvres d'hommes. Sensible aux propos de sa fille, il avait donc peu à peu réorienté ses acquisitions. Ingrid fit une petite place sur le bureau en déplaçant une pile de carnets indigo et déposa délicatement le vase d'iris : « *Soon there will be no more room for flowers**. » Jean lui sourit : « *As long as there's enough for me, that's the main thing***. »

La conversation continua en anglais. Ingrid fit part à Sam de l'opportunité qu'elles avaient d'exposer à Paris les travaux de Marianne Breslauer, une photographe allemande rencontrée à Zurich trois ans plus tôt. Après lui avoir montré quelques-unes des images destinées au cata-

---

* « Bientôt, il n'y aura plus de place pour les fleurs. »
** « Tant qu'il y en a assez pour moi, c'est le principal. »

logue, dont une série sur un modèle androgyne particulièrement troublant, elle détailla le contenu de ce dernier. Sam ne voyait pas trop où elle voulait en venir. Il l'écoutait attentivement, bercé par la douce sensation d'entrer dans leurs confidences. Jean avait réalisé un long entretien avec l'artiste et pris soin de détailler avec elle toute une série d'anecdotes liées à différents portraits, dont ceux d'Ambroise Vollard ou de Man Ray qu'elle avait accompagnés de textes spécifiques. Tout était rédigé en anglais et ses *madrinhas* comptaient sur lui pour le catalogue. Il devait être obligatoirement en version française afin d'être accessible au public français, fort peu friand de langues étrangères. Embarrassé par cette proposition, Sam ne put s'empêcher d'évoquer sa crainte de ne pas être à la hauteur. Elles échangèrent un regard d'autant plus complice qu'elles avaient bien entendu anticipé sa réaction. Jean reprit la parole pour le rassurer. Certes, elle maîtrisait le français à l'oral, mais il aurait bien plus d'aisance qu'elle à l'écrit et elle lui faisait totalement confiance. Quoi qu'il en soit, elle l'accompagnerait et relirait ; il avait la capacité de le faire.

Aussi fier que tétanisé à l'idée d'affronter cette tâche, Sam fit une première lecture du texte dès son retour dans sa chambre. Le délai de deux mois qu'elles lui avaient donné lui sembla insurmontable. Au lieu de se laisser paralyser par cette peur, il en fit le moteur de ce challenge. Les multiples petits boulots qu'il cumulait depuis qu'il avait terminé le lycée ne lui permettant de se consacrer à cette mission que trois à quatre heures par jour, il y passa une bonne partie de ses nuits. Quelques passages plus compliqués lui valurent même des nuits blanches, compensées par l'excitation et la sensation, parfois trop fugace, d'avoir trouvé non pas juste un mot, mais le mot juste. Cet exercice fut une révélation pour lui. Il emporterait les textes vers une autre langue, une autre culture, il serait *passeur de mots*.

L'Ange inconsolable

Dès que les premiers exemplaires du catalogue arrivèrent de Stockholm, Jean et Ingrid invitèrent Sam. Impatientes de le découvrir, elles décidèrent toutefois d'un commun accord de l'attendre afin qu'il ouvre lui-même le colis de l'imprimeur. Il était en avance et faisait les cent pas sur la place déserte quand un couple le salua avant d'entrer dans l'immeuble. Il regarda à nouveau sa montre, prêt à leur emboîter le pas, puis se ravisa pour respecter le quart d'heure de politesse recommandé par le guide des bons usages qu'il avait consulté à la bibliothèque. Si Nino savait ça, il se moquerait certainement de lui. Quant à Marie, elle serait probablement encore plus cynique. Jean l'interpella de la fenêtre du premier : « *What are you doing? Come on**. » Qu'il fût américain ou français, le quart d'heure n'avait aucune importance pour Jean, qui ne se formalisait pas de tout cela. En arrivant dans le salon, Sam trouva Ingrid en pleine conversation avec le couple qu'il avait croisé en bas. Elle fit les présentations. Jana et son mari avaient fui leur pays à la suite

* « Que fais-tu ? Allez, viens. »

du coup de Prague. Jean déboula littéralement dans le salon avec son enthousiasme habituel et tendit le colis à Sam. « *Sorry for the interruption but this is a great moment**. » C'était comme un Noël auquel la chaleur estivale donnait un accent de Nativité tropicale. Les mains moites, il avait du mal à dénouer la ficelle entourant le paquet. Une fois cette étape franchie, il défit le papier d'emballage avec la même minutie. À l'aide du coupe-papier que Jean, attentivement penchée sur lui, venait de lui tendre, Sam ouvrit enfin soigneusement le carton. Ses gestes doux et posés contrastaient avec son bouillonnement intérieur, d'autant plus dur à maîtriser qu'il se sentait observé, maintenant qu'il avait pris conscience que la conversation s'était arrêtée. Il prit une grande inspiration avant de sortir tout aussi délicatement le catalogue. C'est le moment que choisit le mari de Jana pour faire sauter le bouchon de champagne afin de détourner l'attention. Il voulait préserver l'intimité de Sam en ce moment unique qu'il avait lui-même vécu une vingtaine d'années auparavant en recevant le catalogue de l'exposition Kupka. Gagnée par l'émotion de son protégé, Jean le prit par les épaules et, invitant ses amis à lever leur coupe, porta un toast en son honneur. Voyages, expositions, livres, projets… les discussions tourbillonnèrent joyeusement tout au long de l'après-midi, tant et si bien que, au moment de prendre congé, Sam était totalement ivre et mû par un désir de découverte désinhibant.

* « Désolée pour l'interruption, mais c'est un grand moment. »

Serrant fièrement le catalogue et le carnet indigo que Jean venait de lui offrir, il descendit les escaliers quatre à quatre et sauta les dernières marches. Son carnet le précéda et atterrit aux pieds d'un grand jeune homme blond qui venait d'entrer dans le hall. Ils se baissèrent au même moment pour le ramasser, et leurs têtes se heurtèrent. Totalement paralysé par le ridicule de la situation, Sam prit le carnet tendu par l'inconnu. Il osa à peine lever les yeux vers lui, mais remarqua le foulard de soie bleu ciel noué autour de son cou. Il murmura un inaudible « Merci » et saisit un « Je vous en prie, monsieur » avant de se précipiter dehors, emportant avec lui la troublante image de cet élégant jeune homme.

En arrivant au vernissage, Sam embrassa Jean et Ingrid qui eurent juste le temps de le présenter à la galeriste avant d'être happées par les premiers invités. Profitant du calme, il commença sa visite par la série de portraits d'Annemarie Schwarzenbach. Saisi par son regard inquiet auquel le grand format donnait une profondeur encore plus insondable, il ressentit une irrésistible attirance pour cette beauté à la fois masculine et féminine. Avoir traduit sa courte biographie le privait cependant de toute l'intensité émotionnelle qu'aurait pu provoquer en lui l'ambiguïté de ce portrait fait d'ombre et de lumière. Le patio situé à l'avant de la galerie regorgeait de monde, la plupart des gens semblaient se connaître. Ils se saluaient, passaient de groupe en groupe, trinquaient, se présentaient les uns aux autres, trinquaient encore, s'échangeaient des cartes, sortaient ou s'isolaient un peu le temps d'une confidence ou d'un ragot. Renonçant à distinguer un visage connu dans cette foule et tout à l'émotion que provoquaient en lui ces photographies, Sam sortit prendre l'air.

La vitre estompant le brouhaha, il s'amusait du ballet presque silencieux qui se déroulait à l'intérieur. Rares étaient ceux qui prenaient vraiment le temps de regarder l'exposition. « Bonsoir, comment allez-vous ? » Captivé par ce film muet, Sam ne l'avait pas vue arriver, mais reconnut instantanément le petit accent de Jana : « Vous êtes bien songeur, mon jeune ami. Ce sont les photos ? Mais je suis indiscrète. Allez, ne soyez pas timide. Donnez-moi votre bras. Prêt pour un bain de foule ? » Sans attendre sa réponse, elle l'entraîna à l'intérieur. Sam fut impressionné par le nombre de gens qu'elle connaissait. Sa courtoisie, apanage de son milieu, cachait en réalité un sincère intérêt pour l'autre. Qu'elle retrouve quelqu'un des années ou une semaine après avoir fait sa connaissance, elle citait toujours un détail attestant de son lien unique avec lui, demandant des nouvelles d'un proche, interrogeant sur l'avancement ou la réalisation d'un projet. Clairement attentive aux autres, Jana cultivait l'art de la connexion. Rien ne l'amusait plus que de mettre les gens en relation. Elle enregistrait une infinité d'informations que d'autres auraient jugées anodines et soudain une petite lumière s'allumait dans sa tête. Pour l'heure, elle restait en éveil pour trouver la *bonne connexion* pour Sam. La petite étincelle survint quand le correspondant d'*Art News* lui apprit que son magazine lançait une édition française. Dix minutes plus tard, la connexion était faite. Ravi d'avoir trouvé le traducteur idéal et complètement sous le charme de Sam, le journaliste américain s'engagea à le mettre en relation avec son rédacteur en chef et lui promit de l'introduire auprès des nombreux artistes américains vivant ou séjournant régulièrement à Paris. Il était proche de Jenkins, Mitchell, Rivers… Il débita l'annuaire de ses compatriotes expatriés. Ce *name-dropping* n'impressionna en rien Sam, qui n'avait entendu parler d'aucun d'entre eux et ne s'en cacha pas. Loin d'être désarçonné, le rédacteur redoubla d'intérêt pour ce charmant jeune homme auquel il avait décidément tout à apprendre. Virevoltant avec aisance et délectation de l'un à l'autre, Jean, qui avait toujours un œil sur Sam, lui fit un petit signe. Il lui répondit d'un sourire et s'excusa auprès de son interlocuteur. Il fit un pas et s'immobilisa. Au milieu du décor et des figurants en noir et blanc, un couple avançait, seul élément colorisé du film. Aussi blonds l'un que l'autre, aussi fins, aussi grands, aussi élégamment vêtus. Elle, plus âgée, probablement sa mère vue leur ressemblance frappante, en robe de soirée, gantée ; un rien trop habillée pour un tel événement. Lui, plus décontracté, en costume prince-de-galles. Hypnotisé par l'insolite et déroutante beauté du jeune homme, Sam reconnut le foulard de soie bleu ciel : il était assorti à ses yeux. Jean entrant dans le champ le ramena sur terre, l'espace d'un instant. « *I would like to introduce you to Barbara Weber and her son Ludwig, who have just moved into our building*.* » Il n'entendit que son prénom, Ludwig. Ses battements de cœur couvrirent le reste de la phrase. Il reconnut la main tendue vers lui, sans carnet cette fois. Il la serra avec douceur et force, le cœur à fleur de paume. Les longs doigts de Ludwig enveloppèrent sa main. Le tempo s'endiabla. Son cœur perdit toute mesure. Son regard le bouleversa, c'était celui d'un ange inconsolable.

* « Je voudrais te présenter à Barbara Weber et son fils Ludwig, qui viennent juste d'emménager dans notre immeuble. »

I Like Olympia in Black Face

Fidèle à ses promesses, le correspondant d'*Art News* obtint plusieurs traductions à Sam. Un numéro spécial de la revue étant consacré aux artistes d'outre-Atlantique expatriés à Paris, il insista pour qu'il l'accompagne impasse Ronsin, l'un des principaux fiefs de la bohème américaine dans la capitale française. Curieux de rencontrer ces créateurs et conscient que cela pourrait l'aider à trouver des mots plus justes pour traduire les articles qu'on lui confierait, Sam accepta volontiers cette proposition.

Ils arrivèrent en milieu d'après-midi. Le calme qui régnait contrastait avec le tohu-bohu des rues environnantes. Tout lui rappelait un lointain dimanche à la campagne, les touffes éparses de marguerites sauvages, le saule pleurant son ombre sur la cour, la bonbonne de vin trempant dans le petit bassin rempli d'eau fraîche.

Habitué du lieu, le journaliste entraîna Sam dans un atelier. Il semblait vide, seuls deux énormes ventilateurs trônaient dans un coin. Sur le sol maculé de milliers de gouttes bleues et noires, un sachet noir entouré d'un cercle de peinture rouge. Sam se figea, repensant à cette pratique réunionnaise de *la poule noire posée à la croisée des chemins* dont lui avait un jour parlé Joseph. Piétons et automobilistes prenaient soin de l'éviter pour ne pas *hériter* du mauvais sort. Perplexe, il jeta un regard circulaire sur l'immense pièce. Rien à l'horizon, à l'exception de quelques coulures bleues sur les trois murs pleins. Le quatrième, entièrement, vitré n'avait pas échappé, lui non plus, à la rage des nuages. L'orage était passé, et quoi ? La déception prenant le pas sur l'angoisse, sans en venir pleinement à bout toutefois, Sam leva machinalement la tête avant de quitter la pièce comme il avait l'intention de le faire. C'est ce moment que choisit son comparse pour allumer les ventilateurs. Les milliers de bandelettes de papier coloré, fixées une à une à la charpente, se mirent à ondoyer. Cette mer d'un autre hémisphère faisait apparaître et disparaître au grès de ses ondulations le dos d'un cachalot. Un coup de vent plus puissant révéla à Sam des traces rouges sur le flanc blanc de l'animal. Avant même qu'ils n'aient eu le temps de le distinguer l'un et l'autre, le harpon planté sur son dos se détacha et s'écrasa sur le sol avec un énorme BANG à peine atténué par la poche de peinture rouge qu'il fit éclater. Un autre éclat retentit derrière eux, cette fois-ci, il était de rire : « *Lo siento mucho**. Pardon pour la peur. Pas mal, le harpon ? » Le nouveau venu, un petit homme à la peau cuivrée et

---

* « Je suis vraiment désolé ! »

à la longue chevelure grise, leur tendit la main, accompagnant son geste d'un chaleureux sourire : « Désolé. *Bueno,* voici Moby Dick. » Après avoir souhaité la bienvenue à Sam en serrant longuement sa main entre les siennes, il continua ses explications avec passion dans une charmante salsa bilingue. Sam se laissa bercer par le rythme chaloupé de ses phrases que ses mains couvertes de gouttelettes de peinture rouge traduisaient dans une langue des signes quasi universelle. « *¡Está casi perfeccionado ! Pero,* je réfléchis encore sur la portée de *las salpicaduras*.* » Ses dix doigts s'écartèrent vers le sol en signe d'éclaboussures. « *Con un poquito* de peinture, je ne vais pas assez les surprendre, *con mucho*, ils vont m'envoyer la note de leur *tintorería.* » Devinant le lointain cousinage du tintant *tintorería*, Sam le traduisit aisément par teinturier.

Le journaliste embarqua Sam pour la suite de ce tour du monde en quatre-vingts enjambées. Éphémère refuge, accueillant port d'attache ou escale sans retour, l'impasse, impromptu de liberté, abritait depuis près d'un siècle des exilés forcés ou volontaires. Chacun de ses recoins, chacun de ses pavés gardait l'empreinte sonore d'une autre langue, du monde singulier d'artistes à la recherche de leur propre universalité. Aux mots d'Anna Akhmatova ou de Yánnis Rítsos se mêlaient les œuvres de Modigliani,

* « Il est presque au point ! Mais, je réfléchis encore sur la portée des éclaboussures. »

Brancusi ou Léopold Kretz. Continents et époques se confondaient ici en un enivrant *musée imaginaire*.

Dominé par une imposante structure de verre, relevant plus de la serre tropicale que de l'atelier, le fond de la cour avait des airs de jardin d'acclimatation. Des artistes venus d'horizons différents partageaient cet espace. Le journaliste présenta deux de ses compatriotes à Sam ; les autres étaient de sortie. Il ne savait où donner de la tête tant ce qui l'entourait l'intriguait. Au hasard de ses explorations, il tomba en arrêt devant une création qui appelait tous les sens. Ni tableau ni sculpture, cet assemblage d'objets représentait une femme allongée, avec à ses pieds une autre femme, vraisemblablement une servante. La scène était reproduite deux fois, à l'identique ou presque, seules les couleurs de peau étaient inversées : dans la partie supérieure la femme allongée était blanche et la servante noire, tout comme le chat à ses côtés ; en bas, c'était l'inverse. Contrairement aux deux odalisques enlacées qui trônaient au-dessus de la cheminée d'Ingrid et Jean, la couleur de ses deux femmes induisait un rapport hiérarchique qui le mit mal à l'aise. Nul besoin de connaître l'original pour deviner la carnation de la femme allongée. Le journaliste posant affectueusement la main sur son épaule ne parvint à l'arracher à cette pensée que par son commentaire : « Je pense que l'artiste dit ici tout haut ce que bon nombre de WASP comme lui et moi devraient crier plus fort. Je vais donner le titre de cette œuvre à mon papier : *I Like Olympia in Black Face.* »

I Fall in Love Too Easily

Ils se croisaient de temps en temps au P'tit Zinc dans la semaine, mais leur rendez-vous du samedi était incontournable. Nino arrivait un peu plus tôt et s'installait au comptoir, pour prendre un en-cas et un ballon de rouge en discutant avec les propriétaires. Le courant était passé dès leur rencontre et quand, six mois plus tard, il leur avait demandé s'il pourrait jouer en terrasse le samedi soir, ils l'avaient littéralement sermonné en lui disant qu'il aurait pu le demander plus tôt. Ils n'avaient pas les moyens de le payer, mais les spécialités du chef étaient une compensation bien supérieure à toute rétribution. C'était le *roi de l'agneau*, comme s'amusait à le taquiner sa femme ; fondant à souhait dans son inimitable couscous algérois, plat de fête dans sa famille paternelle, ou accompagné d'une sauce à la menthe, selon la recette de sa grand-mère galloise.

Sam et Marie écoutaient religieusement Nino. Ils étaient loin d'être les seuls. Certains clients, jusque-là occasionnels, revenaient à présent toutes les semaines ou presque, ce qui mit la pression à l'apprenti trompettiste. Il demanda conseil à Charly pour étoffer son répertoire et travailla quelques nouveaux titres avec lui, dont *All of Me*, *Body and Soul*, *I Got Rhythm* ou encore *Misty*, le morceau préféré de Sam, qui connaissait les paroles par cœur. Ils attendaient la fin de son premier set pour commencer à manger, Nino les rejoignant alors le temps de prendre un verre. La soirée commençait vraiment quand, après avoir joué *I love Paris in the Springtime*, qu'il dédicaçait toujours à Marie, Nino rangeait sa trompette et se posait enfin devant l'agneau du jour. C'était souvent Marie qui menait la conversation, avide de leur faire partager la vie de ces laissés-pour-compte dont elle collectait chaque jour la parole, comme autant d'instantanés d'un quotidien subi. Marie collaborait avec plusieurs journaux et se battait pour mettre en lumière ces récits individuels incarnant mieux la réalité que tout autre discours. Nino, lui, s'était engagé dans un programme d'alphabétisation pour les ouvriers des usines de Boulogne. Sam culpabilisait, parfois. Que faisait-il, lui ? Ne s'était-il pas engagé-égaré sur le chemin inverse ?

Sam, Nino et Marie donnaient fréquemment un coup de main aux propriétaires pour fermer le P'tit Zinc, avant de s'installer tous ensemble autour d'une table pour refaire le monde. Les nuits étant trop courtes pour arriver au bout de leurs discussions, il n'était pas rare que l'un ou l'autre relançât la semaine suivante un sujet lui tenant particulièrement à cœur.

Grada, qui mourait d'envie de venir écouter son fils, se mit en tête de persuader Antonio. Elle dut s'y reprendre à plusieurs reprises ; quelle idée, en effet, d'aller dîner dans un restaurant ! Déjeuner pour un événement important passe encore, mais gaspiller de l'argent pour un dîner, ce n'était pas pour eux. Et puis, si elle voulait écouter *o seu filho*, « son fils », elle n'avait qu'à descendre à la cave. Elle ne lâcha pas prise et, comme souvent, son mari finit par céder à son *Irresistível*, comme il la surnommait tendrement. Son *irrésistible* eut encore plus de mal avec Rosa, mais Dorothy fut une alliée de poids. Heureusement qu'elle en avait parlé à son père car, le soir venu, Charly comprenant que Rosa n'était pas prête à mettre le nez dehors, prit les devants et les accompagna. Après tout, il avait deux heures devant lui avant d'aller au club, et il se réjouissait de voir son élève à l'œuvre.

Ils avaient bien gardé le secret, même Sam n'était pas au courant, si bien que quand Nino les vit arriver tous les cinq endimanchés, il avala son en-cas de travers et faillit s'étouffer. Grada se précipita sur lui pour lui taper dans le dos : « *Estás bem, filho* ? » La patronne les accueillit avec tant d'enthousiasme qu'Antonio s'imagina un instant que son fils ne devait pas faire que de la musique avec cette plantureuse brune. Nino, quant à lui, avait d'autres préoccupations. Marie allait bientôt arriver. Il ne l'avait pas encore présentée à ses parents. Comment allaient-

* « Tu vas bien, mon fils ? »

ils réagir ? C'était idiot, il aurait dû s'y prendre avant. Il aurait aimé prévenir Marie ; c'était trop tard, maintenant. De toute façon, ses parents ne pourraient que l'aimer. Se prenant les pieds dans le tapis de ses pensées, il en avait presque oublié que Charly allait l'écouter jouer en public. Mais pourquoi avait-il sa trompette avec lui ?

Nino n'eut pas le temps de retrouver ses esprits que tout ce petit monde fut installé aux premières loges : « Là, vous serez bien. Asseyez-vous de ce côté, mesdames, Marie et Sam le voient tous les samedis, ils se mettront de dos. » Charly fit un sourire entendu à Nino, pensant qu'ils allaient rencontrer la petite amie de Sam, ce petit cachottier. Rosa, incapable de réagir, tant le contexte était inhabituel pour elle, se contenta de s'asseoir à la place indiquée. Une demi-douzaine de jeunes garçons particulièrement volubiles s'installa juste derrière. L'un d'entre eux s'excusa avec un insistant sourire auprès de Dorothy de devoir la déranger pour accéder à sa place. Surpris de voir Charly ici, un habitué du Montana vint le saluer et le présenta à son ami avec force compliments. La terrasse continuait à se remplir. De plus en plus mal à l'aise, Rosa se tassa instinctivement sur sa chaise. C'était la première fois de sa vie qu'elle s'asseyait à une terrasse de café, qui plus est entourée de Blancs. C'était une véritable épreuve pour elle. Elle avait la sensation que tous les regards étaient tournés vers eux. Elle comptait les secondes. Il était évident qu'on allait venir les déloger.

Sam et Marie, qui s'étaient rencontrés par hasard rue des Canettes, arrivèrent ensemble quelques minutes plus tard. Sam n'en crut pas ses yeux, tout le monde était là ! Même Rosa ! Comment avait fait Nino ? Il le chercha du regard sans le trouver. Nul besoin qu'il redescende sur terre pour prendre les devants, Marie se présenta elle-même spontanément avec chaleur. Elle posa ses affaires à côté de Charly, qui y vit un signe et s'amusa de sa malicieuse demande : « Ça ne vous dérange pas, si je perturbe un peu votre plan de table en m'installant du côté des hommes ? » Cette fille avait de l'audace et beaucoup de charme, il était fier de son Sam, mais pourquoi n'avait-il rien dit ? C'est vrai qu'ils parlaient rarement ensemble, enfin, à vrai dire, jamais. Marie s'excusa et s'absenta un instant.

Elle trouva Nino livide et littéralement caché au fond du bar. « Ça va, mon chéri ? » Il transpirait à grosses gouttes ; certes, la soirée était chaude, mais tout de même. Il aurait voulu l'interrompre sans y parvenir. Quand elle posa ses lèvres sur les siennes, elle eut la désagréable sensation qu'il se dérobait. Nino, tout tremblant au début, finit par se détendre un peu. Grada sermonna les jeunes de la table voisine qui parlaient trop fort ! Un clin d'œil de Charly à la fin de *It Never Entered my Mind* libéra complètement Nino, qui enchaîna avec *Autumn Leaves*. Il allait terminer son set quand son mentor le rejoignit, sa trompette à la main. Le silence se fit, même à la table des jeunes – sans que Grada ait besoin d'intervenir, cette fois-ci. Rosa eut du mal à retenir ses larmes quand ils jouèrent *My Funny Valentine*, c'était *leur* morceau, celui que Charly lui jouait il y a si longtemps, quand ils étaient encore à Harlem. Les applaudissements la sortirent de sa torpeur, sans pour autant qu'elle parvienne à se joindre à eux. Elle baissa simplement le visage, tentant de se moucher discrètement. Seul Sam la vit. Nino, en partie soulagé, vint les rejoindre, il prit la place de Charly qui devait partir au club. Le concert terminé, Antonio proposa de raccompagner Rosa et Dorothy. Grada, galvanisée par la soirée, le succès de son fils et enchantée par la *petite amie de Sam*, préférait rester. Les rangs se resserrèrent. Marie, toujours assise à côté de Sam, se retrouva en face de Nino quand Grada fit venir son fils à côté d'elle.

Un homme vêtu d'un caban élimé bien trop chaud pour la saison traversa la rue dans leur direction. Son sourire mélancolique peinait à éclairer ses yeux presque éteints, perdus au milieu des rides innombrables qui creusaient son visage comme autant de ravines avinées. Marie l'invita spontanément à s'asseoir et lui servit un verre de vin. Le patron partit lui chercher une assiette bien garnie. Avant même qu'il n'ait pu prononcer le moindre mot, toute la tablée l'accueillit avec la chaleur dont ils auraient fait preuve pour un ami. Seul Nino, troublé, gardait le silence. Il lui semblait connaître cet homme et cherchait à se souvenir. Il le vit regarder son étui et, machinalement, l'ouvrit. L'inconnu prit la trompette et sans même se lever, commença à jouer. Nino reconnut *I Fall in Love too Easily* et laissa échapper une larme. Seul Chet Baker pouvait l'interpréter d'une façon aussi émouvante. Grada, émue, vit les mains de Marie étreindre tendrement celles de son fils. C'est là qu'enfin elle comprit. Désormais, une jeune femme prenait soin de son fils.

Le Marin de Gibraltar

Si Jean et Jana lui avaient mis le pied à l'étrier, Sam fit très rapidement cavalier seul. « Sa compréhension des textes », « son respect du travail de l'auteur », « l'attention portée au style », « sa rigueur », « sa justesse », « sa ponctualité »... Ses clients ne tarissaient pas d'éloges à son sujet. Le bouche-à-oreille fonctionnait si efficacement qu'il enchaînait les traductions. Exercice si naturel pour lui depuis l'enfance, jongler du français à l'anglais, ou vice versa, prenait à présent une tout autre dimension. Il étudiait avec minutie les différentes composantes nées du mélange naturel de ses deux langues, partant à la recherche de toutes les nuances. Parfois, quand il tombait sur un mot d'origine allemande, ces nuances prenaient de surprenantes teintes à l'émouvant éclat. Il aimait se plonger dans leurs règles subtiles avec l'exaltation d'un enfant fouillant un vieux chiffonnier à la recherche de trésors cachés. Leur étrange beauté lui échappait comme celle des œuvres de ce plasticien dont il venait de traduire le catalogue. Débarquant dans un monde inconnu, aux antipodes du sien, il s'appliquait avant tout à l'observer. Se contentant pour l'heure de rattraper le temps perdu, ou tout au moins passé à autre chose, il arpentait musées et galeries avec avidité. Sa candeur participait à son émerveillement, il ne cherchait pas telle ou telle œuvre, c'étaient elles qui le trouvaient, l'enchantaient, le bouleversaient, lui donnaient la nausée ou lui jetaient au visage toute la cruauté humaine.

Comme ce jour où il avait perdu pied face à *La Mort de Sardanapale*. Enseveli sous une cascade de corps, il avait commencé à manquer d'air. Il avait hésité entre rester là, allongé à l'abri des flammes, sous cet amas de chairs meurtries, ou à s'en extirper pour s'enfuir en courant. Prisonnier d'un destin qui n'était pas le sien et qui faisait pourtant écho à tant de choses en lui, il était l'une de ces femmes sacrifiées par un tyran au calme insolant. Cette toile l'avait longtemps hanté. Il s'était réveillé plus d'une fois en sueur malgré le froid régnant dans sa chambre. Il avait lu le drame de Byron dont s'était inspiré Delacroix et consulté plusieurs articles analysant l'œuvre, mais tenter de se défaire de cette toile désormais imprégnée en lui ne faisait que la rendre plus obsédante.

Dans la grande bibliothèque où il avait élu domicile pour travailler, réchauffé par la présence des ouvrages, Sam feuilletait régulièrement des livres d'art. Il était plongé ce jour-là dans un ouvrage sur Le Caravage, quand il crut entendre une voix murmurer son prénom. Bien que d'une aveuglante blondeur, le jeune homme penché sur lui se confondait avec le troublant *Garçon avec un panier de fruits* qu'il était en train d'admirer. Il recouvrit instinctivement le portrait de la main, comme s'il avait été surpris à regarder quelque image interdite. Tandis qu'il adressait un timide « Bonjour » à Ludwig, il effleura le portrait du bout des doigts. Son index s'égara dans le creux de l'épaule volontairement dénudée par le peintre. Le portrait tressaillit, soulevé par le souffle invisible du désir. Sam s'arrêta net et, de peur que la page ne se tourne, posa délicatement la main sur la corbeille de fruits. Un enivrant parfum de figues s'en échappa. Craignant d'avoir écrasé un fruit trop mûr, il se pencha et heurta du regard les rouges arilles d'une grenade entrouverte. Un goût acide et sucré glissa le long de sa gorge quand il déglutit. « Indigo, je présume ? » dit Ludwig en désignant le carnet ouvert devant Sam.

Arrivés au café, Sam et Ludwig eurent du mal à trouver une place et prirent un expresso au bar avant que le serveur ne leur propose une petite table qui venait de se libérer. Assis côte à côte, ils fixaient la terrasse. Sam avoua que le plaisir de s'installer ainsi dehors en plein hiver lui échappait totalement. Ludwig s'en amusa et lui raconta qu'un été, sur une plage de la Baltique, un ami italien était resté blotti toute une après-midi dans un *strandkorb**, un plaid sur les genoux, tandis que tout le monde se baignait. Sam buvait ses paroles, essayant d'imaginer une journée

* Chaise de plage en osier, typique de la mer du Nord et de la Baltique.

en bord de mer. Embarrassé par cette confidence si spontanée, peut-être même déplacée, Ludwig s'interrompit. L'arrivée de leur commande les sauva du silence. La bibliothèque Sainte-Geneviève leur permit de reprendre le fil ténu de leur conversation. Empruntés au début, ils se dévoilèrent progressivement – les heures et les demis passant –, l'un et l'autre surpris de se livrer ainsi, mais incapables de résister à ce désir jusque-là inédit. Bercés par un inexplicable sentiment de compréhension, ils se confièrent par petites touches, avec une étrange sensation d'écho, comme s'ils parlaient depuis toujours la même langue. Sam tressaillit en apprenant que Ludwig jouait du piano depuis son plus jeune âge – se courbait-il, lui aussi, sur les touches comme Albert ? Tout émerveillé par ces ponts qui semblaient les relier, Sam parla de son père musicien et du talent de trompettiste de Nino. De la musique, ils glissèrent au cinéma, dévorante passion, sur laquelle Ludwig s'avéra intarissable. Emporté par le tourbillon de ses propos et par une attirance tout aussi incompréhensible qu'irrépressible pour son nouvel ami, Sam mourait d'envie de se laisser entraîner sur-le-champ dans une salle obscure.

Plus tard, seul dans sa chambre, il se repassa le film de la soirée, se remémorant les détails de leur conversation. Tentant malgré lui de lutter contre ce vertige, il se glissa sous les couvertures et ouvrit *Le Marin de Gibraltar* posé sur sa *table* de nuit. Il reprit machinalement sa lecture, mais s'arrêta deux pages plus loin sur une phrase qui le laissa rêveur : « Si on peut attendre très longtemps avant de faire ce que l'on a décidé qu'on ferait, cela ne veut pas dire que l'on n'est pas capable de le faire. »

Loving Day

Cela faisait plusieurs jours que Rosa, habituellement si matinale, ne parvenait plus à se lever. Elle était régulièrement secouée par de violentes quintes de toux qui inquiétaient Charly, traumatisé adolescent par une mauvaise grippe ayant emporté sa petite sœur Ella. Il la tannait pour quelle aille chez le médecin, mais elle s'y refusait, arguant avec entêtement que sortir ne ferait qu'empirer les choses et que les *industrial drugs* ne changeraient rien. Elle voulait juste qu'on lui fiche la paix et qu'on la laisse grelotter et transpirer sous les couvertures ; ça passerait tout seul.

Charly eut l'idée de solliciter Joseph, persuadé que Rosa serait plus réceptive à ses remèdes à base de plantes. Il avait d'ailleurs lui-même testé avec succès l'un de ses *zerbaz péi*. Nino se proposa d'aller trouver leur ami réunionnais au plus vite. Marie, qui s'était récemment rendue à La Folie pour interviewer une militante, insista pour l'accompagner. Ce qui les attendait rue des Pâquerettes, à une dizaine de kilomètres à peine de chez eux, était à peine concevable. Comment imaginer l'Apocalypse ? Des milliers d'Algériens, de Marocains, de Portugais et d'Italiens entassés dans des amas de tôles et de planches vermoulues. Comment un gouvernement digne de ce nom pouvait-il accepter – pire, cautionner – que des êtres humains vivent dans de telles conditions ? Par pudeur ou par honte, Joseph n'avait jamais évoqué ses conditions de vie. Eux-mêmes n'avaient pas osé lui poser de questions quand il avait dit qu'il vivait à Nanterre. Nino eut le souffle coupé en découvrant à deux pas du chantier des tours de La Défense cette plaine boueuse s'étendant à perte de vue au pied des immeubles en construction. Retrouver leur ami dans ce labyrinthe désenchanté relevait du défi. Un vieil homme leur indiqua où vivaient les rares Noirs du quartier. Ils parvinrent finalement à localiser la baraque dans laquelle devait habiter Joseph. Un jeune Malgache les accueillit, recroquevillé contre le vieux poêle à bois tiédissant difficilement la petite pièce dans laquelle tenaient à peine quatre lits serrés l'un contre l'autre et une table. À cette heure-là, comme tous les dimanches, Joseph était à la messe. Il n'allait pas tarder à rentrer. Le jeune homme leur proposa de l'attendre. Prétextant devoir aller chercher du café, Nino sortit pour éviter d'être submergé par ses émotions. Il était de retour quand Joseph arriva. Surpris par leur présence, et probablement gêné, il eut un mouvement de recul. Marie se précipita vers lui, l'embrassa chaleureusement sur ses deux joues gercées et lui dit avec un grand sourire qu'ils l'attendaient pour le café. Ils discutèrent et finirent par lui faire part de leur requête.

Joseph s'illumina, trop heureux de pouvoir rendre service et de partager les savoirs de sa mémé. Deux jours plus tard, grâce à sa *tisane contre le refroidissement*, Rosa était sur pied.

Le jour se levait à peine. Sam travaillait sur le catalogue d'une exposition consacrée à l'œuvre de Hannah Höch. Il avait passé tellement de temps à observer ses fabuleux collages qu'il avait fini par prendre du retard. Il venait, après une nuit blanche, de mettre un point final à sa traduction quand il entendit un cri venant de la chambre voisine. Dorothy était déjà partie à l'école. Elle s'en allait toujours aux aurores pour profiter d'un moment de lecture au calme, tandis que son institutrice inscrivait les leçons au tableau. Sam pensait sa mère seule et allait se précipiter quand il entendit la voix de son père. Rosa, particulièrement remontée, hurlait : « *How did you get in this state? What happened to you**? » Charly qui s'était tu pendant toute la charge de sa femme, répondit d'une seule tirade : « *What did you want me to do? Be insulted? He called him a bastard and me a poor nigger cuckolded by a white man***. » Le silence se fit. Sam devina les pleurs de sa mère, puis plus rien. Abasourdi, il s'allongea sur son lit. Bâtard ? Parce qu'il avait la peau un peu plus claire que ses parents ? Sam tenta de se rassurer en se disant qu'ils étaient tout de

* « Comment t'es-tu retrouvé dans cet état ? Que t'est-il arrivé ? »

** « Que voulais-tu que je fasse ? Que je me fasse insulter ? Il l'a traité de bâtard et moi de pauvre nègre cocufié par un Blanc. »

même bien plus à l'abri en France qu'aux États-Unis ou en Afrique du Sud. Il repensa au terrible destin de Sandra Laing, cette Sud-Africaine née noire de parents blancs, expulsée de l'école à dix ans par la police et reclassée *coloured*. Fixant le plafond, Sam tenta de se faufiler dans une profonde lézarde, avec l'espoir de disparaître dans ce salutaire trou noir. Ce fut finalement le sommeil qui l'engloutit.

Il fut réveillé par quelqu'un qui tambourinait à sa porte. Il s'extirpa difficilement de son lit et se retrouva nez à nez avec Nino, tout excité, qui brandissait un journal en criant. « Ça y est. Ils ont gagné. Les Loving ont gagné. » Qui ? Quoi ? Encore tout englué de sommeil, Sam ne comprenait pas un traître mot de ce que lisait son ami : « L'arrêt Loving v. Virginia balaie les lois qui interdisaient encore dans seize États, les mariages mixtes. Ils se sont battus non pas pour l'amour des droits civiques, mais pour le droit civique à l'amour. »

Boys Don't Cry

Sam se pressa tellement qu'il arriva un quart d'heure en avance devant le cinéma. Il parcourut le programme affiché sur la façade de la rue Champollion. Il n'y connaissait pas grand-chose et faisait confiance à Ludwig, mais deux titres avaient déjà retenu son attention : *La Dolce Vita* et *L'Incompris*. Avant même qu'il n'ait pu venir à bout de la longue liste de films de cette « Rétrospective du cinéma italien », un charmant « Vous ici ? » le fit sursauter. Ludwig le salua d'une chaleureuse accolade. Plus habitué à la poignée de main à la française qu'à ce type de bras-le-corps, Sam se sentit rougir.

L'ouvreuse annonça le début de la séance. Ludwig lui tendit les deux billets. Malgré le refus de Sam, il avait tenu à l'inviter, après tout c'était son territoire. Ils s'installèrent au fond de la salle. Cette proximité si nouvelle dans la pénombre les troubla l'un et l'autre. N'osant pas s'approprier l'accoudoir qui les séparait, chacun se campa bien droit dans son fauteuil, les mains posées sur les cuisses. La souffrance du jeune héros les coupa vite de la réalité. Profondément ému, Sam espérait en vain un sursaut de compassion du scénariste. Et la réplique « Tu es vraiment le fils que tout père voudrait avoir » lui arracha des larmes. Incapable de les ravaler avant que la lumière ne se rallume, il profita du mouvement des spectateurs quittant la salle pour renifler discrètement. Ludwig, immobile, fixait l'écran sur lequel défilait le générique. Son regard brillait. Sam lui effleura l'épaule et lui dit qu'il l'attendait dehors. Il s'enferma à double tour dans les toilettes et prit soin de tirer la chasse d'eau avant de se moucher. Un sentiment de culpabilité l'envahit. Quand se résoudrait-il à écouter sa mère et son sempiternel : « *Boys don't cry!* »

Ils parlèrent de *L'Incompris*. Ludwig lui confia que le père d'Andrea lui faisait *terriblement* penser au sien. Malgré sa sensibilité pour l'art, Hans était d'une grande froideur, notamment avec son fils unique. Ludwig avait été élevé par une *Kindermädchen*, il adorait cette nounou à laquelle il avait été violemment arraché du jour au lendemain. Il n'avait que quatre ou cinq ans à l'époque, mais se rappelait avec précision ce matin d'hiver où, avant de l'installer dans la voiture chargée, sa nounou l'avait serré si fort qu'il avait eu peur qu'elle ne l'étouffe. Quand il avait tenté quelques années plus tard de demander à sa mère pourquoi ils avaient quitté Heidelberg pour Leipzig, elle s'était contentée de détourner le regard. Tout en buvant ses paroles, Sam pensait à son propre père. Il ne savait finalement pas grand-chose de lui, si ce n'est qu'il était né à Harlem et que ses deux frères musiciens avaient disparu lors du massacre de Wereth. Charly ne lui avait jamais vraiment dit pourquoi il était venu en France. Sans doute pour fuir la ségrégation.

Leurs pères étaient au cœur de toutes les interrogations de Sam et Ludwig, mais il leur paraissait impossible à l'un comme à l'autre de braver le rempart de silence qu'ils avaient érigé autour de leur passé.

So What?

Après des mois et des mois d'hésitation, Sam finit par se décider à avoir une conversation d'homme à homme avec son père. Nino l'avait encouragé à le faire, lui-même avait posé pas mal de questions à ses parents et en était arrivé à la conclusion que savoir d'où l'on vient était une sacrée boussole dans les moments de doute. Son ami avait sans doute raison mais, à vrai dire, Sam ne savait par où commencer. Il ne connaissait rien ou si peu du passé de son père, et pas grand-chose de son présent. Lorsqu'ils se croisaient – plus qu'ils ne se voyaient –, leurs échanges tournaient principalement autour de préoccupations matérielles, parfois agrémentés d'anecdotes du quotidien. Discrétion ? Pudeur ? Sam ne savait quel nom donner à ce sentiment, qu'il imaginait réciproque. À bien y réfléchir, il ne s'était jamais confié à ses parents. Il parlait bien de temps à autre d'un tel ou d'un tel, mais sans vraiment donner de détails, ou plutôt en en donnant suffisamment pour qu'on ne lui pose pas de questions. Il jouait au chat et à la souris, autant avec eux qu'avec lui-même. Flirtant avec le désir de leur parler de *certaines choses* et se ravisant aussitôt, persuadé que cela n'avait pas lieu d'être. Et puis, n'était-il pas à des années-lumière de leur univers, et surtout de leurs attentes ? Il craignait de trahir certaines de leurs espérances. Mais à quoi bon se torturer ? Une question cependant le taraudait, et se rapprocher de son père lui permettrait peut-être de trouver un jour le courage de la lui poser, à moins que des indices n'apparaissent au cours d'une conversation. Diffuse au début, elle était de plus en plus pressante, surtout depuis sa rencontre avec Ludwig. La couleur de sa peau, bien plus claire que celle de sa petite sœur, était-elle le fruit du seul hasard de la génétique ?

Il était autour de minuit quand Sam entra au Montana, avec la ferme intention de parler à son père. Wiktor, campé derrière son bar, l'accueillit avec un grand sourire qui avait du mal à cacher son étonnement. Sam n'était venu que deux ou trois fois au club, il y avait bien longtemps, il lui semblait cependant reconnaître quelques visages. Les notes métalliques de la trompette de Charly résonnèrent. Ébloui par sa présence, sa prestance, Sam n'avait d'yeux que pour lui. Qu'il était beau, dans son élégant costume croisé ! Sa peau foncée brillait sous l'effet de la lumière. Les quelques flocons de neige qui parsemaient depuis peu ses cheveux coupés très court ne faisaient qu'accroître son charme. Sam n'avait jamais remarqué ses yeux en amande. L'avait-il vraiment regardé un jour, vraiment écouté ? Une salve d'applaudissements et quelques verres levés marquèrent la fin de son impro. Médusé, Sam aurait voulu que ce set se prolonge encore et encore. Deux morceaux plus tard, Charly posait sa trompette et venait le rejoindre au bar. Un autre trio monta sur scène sous les applaudissements. « *So What?* » chuchota Wiktor. Sam mit un temps à comprendre qu'il s'agissait du titre. *So what*, en effet. Craignant de gâcher la magie de l'instant, Sam remit à plus tard la conversation avec son père.

A Great Day in Harlem

Petite fille expansive et pleine de vie, Dorothy était toujours entourée de copines et de copains. À voir l'accueil que lui réservaient ses camarades lorsqu'il l'accompagnait, Sam la soupçonnait d'être la coqueluche de l'école. Son succès dépassait largement la cour de récréation. Julieta lui offrait toujours un petit quelque chose quand elle allait acheter le pain, l'épicière y allait, elle aussi, de sa petite douceur, généralement un fruit – le péché mignon de Dorothy. Grada la chouchoutait – elle lui avait récemment tricoté un très bel ensemble bonnet-gants-écharpe jaunes, son stock de laine paraissant inépuisable.

Un jeudi après-midi, alors qu'il descendait acheter un rouleau d'encre pour sa machine à écrire, Sam fut surpris de ne pas trouver Dorothy dans la cour comme d'habitude. Quand il revint une heure plus tard, elle n'était toujours pas là. Il voulut demander à Grada si elle l'avait vue, mais trouva un petit mot sur la fenêtre de la loge : « Je reviens dans un instan. » Il se demanda, amusé, si l'instant était plus court sans t. Quelles traîtresses que ces lettres muettes !

Pas de Dorothy. Pas de Grada. Sam monta les sept étages en courant et reprit son souffle pour ne pas affoler Rosa avant de frapper à la porte. Il apprit que sa petite sœur était descendue depuis un bon moment. Il dévala les escaliers encore plus vite qu'à l'aller. Son cœur battait si fort dans sa poitrine qu'il résonnait dans ses tempes et ses oreilles. Au niveau de la cave, il vit, une petite fille à califourchon sur un gros bidon de peinture, qu'elle frappait à mains nues et éperonnait de coups de talons réguliers. Trois garçons, a priori du même âge, suivaient le tempo en claquant des doigts, tandis que Dorothy perchée sur une caisse en bois chantait : « On n'est pas là pour se faire engueuler… » Sam s'accroupit, soulagé, amusé. Quelle sacrée petite bonne femme ! « On est là pour voir le défilé…* »

Épuisé par cette poussée d'adrénaline, Sam s'assit sur le rebord de la jardinière pour reprendre ses esprits. C'est là que Wiktor le cueillit. Dès qu'il le vit franchir le porche, il eut un mauvais pressentiment. Quand il se leva pour le saluer, il fut saisi par l'expression du vieux barman. Ses grands yeux bleus brillaient ; évitant de croiser ceux de Sam, ils roulaient dans leurs orbites, comme une boussole ayant perdu le nord.

---

* *On n'est pas là pour se faire engueuler*, chanson écrite par Boris Vian sur une musique de Jimmy Walter, en 1954.

Sans lâcher la main droite de Sam, Wiktor l'enserra de sa main gauche. Sam tenta en vain d'inspirer pour calmer le tremblement qui se propagea peu à peu le long de ses bras, de ses épaules, puis de tout son corps. Abasourdi, il percevait de très loin les propos de Wiktor. Le feu piétons vert au niveau du carrefour. La foule dense. La jeune maman poussant un landau. Le doudou du bébé tombant sur la chaussée. Charly se précipitant pour le ramasser. Le choc violent avec le camion de livraison.

Wiktor avait bondi dans le premier café pour appeler les secours. Il avait attendu l'ambulance et l'avait rejoint à l'hôpital. Personne ne voulait lui dire où était Charly. Une infirmière l'avait pris discrètement à part, l'avait fait asseoir et lui avait appris que son ami était décédé dans l'ambulance avant son arrivée à l'hôpital.

Wiktor, effondré, tendit le portefeuille de Charly à Sam. Une photo glissa et plana un instant dans l'air, avant de tomber sur les pavés de la cour. Sam la ramassa, elle représentait une cinquantaine de personnes, en grande majorité des hommes noirs, devant un immeuble new-yorkais. Il reconnut quelques visages : Dizzy Gillespie tirant la langue, Count Basie assis à même le trottoir… Incapable de la regarder plus longtemps, il allait la ranger quand il découvrit ces quelques mots au verso : « *A Great Day in Harlem. All that's missing is you**. » C'était signé Thelonious.

---

* *A Great Day in Harlem* : photo de 57 musiciens de jazz prise par Art Kane le 12 août 1958 à Harlem. « Grand jour à Harlem. Il ne manque plus que toi. »

Black Is Black

La réaction de Jean et Ingrid fut immédiate. À peine eurent-elles appris la triste nouvelle qu'elles proposèrent à l'unisson à Sam d'accueillir Rosa et Dorothy dans la chambre de bonne dont elles disposaient au dernier étage. Jean prit Sam à part pour le rassurer. La chambre étant vide, il n'était bien sûr pas question de loyer. Elle prit également soin d'ajouter que pour éviter d'embarrasser Rosa et parce qu'elles en avaient bien besoin, elle pourrait faire quelques heures de ménage chez elles.

Ingrid contacta Sam deux semaines plus tard. Jean qui se faisait une joie de les accueillir, avait dû partir la veille. Quand il découvrit la chambre de bonne, Sam n'en crut pas ses yeux. Elle avait été repeinte en blanc, ce qui donnait une sensation d'espace. Seul un mur était de couleur. Ce rouge si caractéristique des maisons traditionnelles suédoises. Sam comprit que toute sa *famille de cœur* s'était mobilisée. Antonio avait manifestement supervisé le chantier. Grada, Marie, Nino, Wiktor et Joseph avaient eux aussi mis la main à la pâte.

Plus petite que la précédente, la chambre offrait néanmoins plus de confort et de luminosité. L'enthousiasme de Dorothy contrastait avec l'embarras de sa mère, qui ne voulait dépendre de personne. Sam argumenta longuement et tenta de la rassurer. Ne plus payer de loyer leur permettrait de vivre tous les trois sur le revenu de ses traductions. Cette chambre était une providence pour elles. Quant à lui, Julieta lui avait parlé de clients de la boulangerie qui proposaient une chambre dans le quartier en échange de cours d'anglais pour leurs enfants. Rosa n'avait pas à s'inquiéter, Sam s'occuperait de tout. Elle devait lui faire confiance. Grada insista sur le fait qu'elles allaient rester « presque voisines ». Tout le monde avança son argument pour rassurer Rosa. Le déménagement eut finalement lieu, le dimanche suivant.

Rosa avait beau avoir conscience de toute cette attention autour d'elle, tout cela lui paraissait si lointain, perdu au-delà de la brume de son chagrin. Elle se sentait plus que jamais inapte à la vie. Elle avait vécu plus de temps avec Charly que sans lui et ne parvenait pas à imaginer comment continuer seule. Il était indissociable de chacun de ses souvenirs. Il lui arrivait même de l'imaginer à Saint Francisville, alors qu'il n'avait jamais eu l'occasion d'y aller. C'était comme si elle n'avait pas vécu avant lui. Elle pensait avec nostalgie à toutes ces nuits passées à l'attendre, à toutes ces matinées à marcher sur la pointe des pieds pour ne pas le réveiller, et à sa douce insistance pour qu'elle se recouche avec lui une fois les enfants partis à l'école. Elle pensait à cette chanson qu'il lui fredonnait : « *Don't change your hair for me / Not if you care for me / Stay little Valentine stay** ». Elle fermait les yeux, se blottissait contre sa poitrine et, prête à s'endormir bercée par le va et vient de sa respiration, se réveillait glacée par l'absence de son souffle. Elle était là. Seule. Mais lui. Où était-il ? Où était celui qui l'avait *recueillie* à Harlem ? Celui qui lui avait demandé sa main alors qu'elle n'avait que seize ans. Celui qui avait pleuré leur première fille avec elle. Celui qui avait insisté pour Sam. Celui qui était si fier de Dorothy. Celui qui l'avait fait venir ici, persuadé qu'ils y vivraient mieux. Elle l'entendait encore : « *We would be less black here***. » Comment s'éclaircir dans le regard des autres ? Elle se rendit compte que c'était sans doute cela qui allait lui manquer le plus, sa faculté de voir le soleil à travers les nuages.

Le doute qui habitait Rosa prenait ses racines dans le sentiment d'infériorité qui s'était installé en elle dès l'enfance. Il obstruait sa vision des choses. La violence de la ségrégation et le poison qu'elle avait inoculé en elle l'avait rendue étrangère à elle-même. Elle ne pouvait pas voir le monde de ses propres yeux, et encore moins se voir telle qu'elle était. Il lui était impossible de se percevoir comme une femme à part entière. Il ne lui serait jamais

* « Ne change pas ta coiffure pour moi / Pas si tu tiens à moi / Reste, petite Valentine, reste. »

** « Nous serions moins noirs ici. »

venu à l'idée que sa silhouette fine et élancée, son élégance naturelle, ses beaux cheveux crépus, ses fascinants yeux pers fussent en mesure de faire naître le désir. Et qui allait pouvoir la réconforter, maintenant que Charly ne lui chanterait plus « *You're just too good to be true / Can't take my eyes off you** » ? Certainement pas les publicités ou les couvertures de magazines n'affichant que de squelettiques mannequins à la peau claire. Le plus terrible, c'est que tout cela déteignait sur son rapport avec ses enfants. Bien qu'elle se sentît plus proche de Dorothy, Rosa avait un faible pour la couleur caramel de Sam, presque *miel*, disait-elle en exagérant un peu ; ce qui lui avait inspiré dès les premiers jours son *petit nom gâté*** de Honey. Elle était emmurée dans des préjugés qui l'avaient contaminée au plus profond d'elle-même.

---

* « Tu es juste trop belle pour être vraie / Je ne peux pas détacher mes yeux de toi. »

** En créole réunionnais : « surnom affectueux ».

La Réponse imprévue

Julieta avait calé pour Sam un rendez-vous avec un client de la boulangerie propriétaire d'une chambre de bonne. L'ascenseur, un rutilant modèle Otis dernier cri, contrastait avec l'austérité de la façade et la vétusté du hall. Profitant du miroir, Sam ajusta sa cravate et le col de sa chemise. La sonnette, un antique carillon, semblait, elle aussi, venir d'un autre temps, tout comme le maître d'hôtel à l'éparse chevelure blanche qui lui ouvrit la porte. Perplexe, il lui fit répéter deux fois l'objet de sa visite. Sam s'exécuta et lui tendit sa carte. L'autre la saisit du bout des doigts et, articulant exagérément comme s'il s'adressait à quelqu'un ne maîtrisant pas le français, lui demanda d'attendre là sans s'asseoir. Sam patienta un long moment. Les murs étaient couverts de tableaux, principalement des portraits présentant une incroyable ressemblance entre eux. Sam pensa alors qu'il n'avait aucune trace de ses ancêtres, pas même de ses grands-parents, aucune image, aucun lien, aucune source. Aucun poids conscient, aucune charge à porter, à transmettre, juste un trou noir avec sa propre chaîne d'effets inconscients. La porte d'entrée s'ouvrit brusquement. Sans même avoir pris le temps de le saluer et encore moins de se présenter, l'homme lui demanda avec agressivité de déguerpir avant qu'il n'appelle la police. Sans se faire prier, Sam s'exécuta avec un drôle de soulagement.

Julieta se confondit en excuse de l'avoir aiguillé vers ces gens. Heureusement, Sam n'eut pas besoin de se justifier auprès de M. Henri ; il pouvait garder sa chambre rue Saint-Benoît autant de temps qu'il faudrait, ils s'arrangeraient pour le loyer.

Dorothy se mit dans l'idée de trouver un logement à son frère. Les chambres de leur couloir, dont celle avec la porte en métal, étant inoccupées, elle décida de mener l'enquête auprès d'Ingrid, voire de la faire intercéder en leur faveur auprès du propriétaire. Leur complicité avait été immédiate. Tous les jours en sortant de l'école, Dorothy s'arrêtait pour la saluer et passait un moment avec elle. Ingrid lui préparait souvent du *Kanelbüllar*, la brioche de son enfance.

Quand elle apprit que la chambre qu'elle convoitait pour Sam dépendait de l'appartement des parents de Ludwig, Dorothy insista auprès de son frère pour qu'il en parle à son ami. Ce dernier refusant catégoriquement de le faire, elle prit les devants et se débrouilla pour tomber *par hasard* sur Ludwig dans l'escalier. Ils avaient pour habitude de se saluer quand ils se croisaient, mais ils n'avaient jusque-là échangé que quelques formules de politesse, aussi fut-il surpris quand elle lui dit, le plus sérieusement du monde : « J'ai à vous parler. » Il craignait de poser la question à son père, tant il était sûr de sa réponse, mais promit de le faire. Après tout, si son père acceptait de louer cette chambre à son ami, il serait le plus heureux des hommes.

Il monta jusqu'au dernier étage. Il n'y était jamais allé et n'aurait pu imaginer pareil contraste avec le reste des parties communes. Le tapis recouvrant les marches s'arrêtait au sixième. Plus étroit, l'escalier qui menait au dernier étage était nu ; le bois usé n'avait pas été ciré depuis longtemps. Une simple ampoule pendant au plafond éclairait le palier d'une pâle lueur. De fines couches de peinture grisâtre se détachaient des murs. Les portes des chambres claquetaient sous l'effet des courants d'air. Elles étaient toutes vétustes, sauf une. D'après sa situation, au fond à droite du couloir, c'était bien celle qui dépendait de leur appartement. Elle était recouverte d'une plaque métallique et disposait de trois verrous.

En interrogeant sa mère sur cette chambre, Ludwig s'aperçut qu'elle en ignorait l'existence. À peine lui eut-il expliqué pourquoi il s'y intéressait qu'elle lui conseilla de ne pas en parler à son père. Barbara, tout comme son fils, plus encore que lui peut-être, craignait son mari. Autrefois affable et brillant en société, Hans s'était totalement replié sur lui-même, devenant silencieux et irritable quand ils étaient entre eux. Elle avait bien essayé de comprendre cette versatilité, finissant même par s'interroger sur sa propre responsabilité. Mais, au fil des années, notamment marquées par plusieurs déménagements aussi soudains qu'improbables, dont un qui leur avait permis de s'échapper par miracle de RDA, elle avait fini par baisser les armes ; son mari resterait un mystère pour elle. Depuis qu'ils étaient à Paris, les seules sorties de Hans se résumaient à de longues marches quotidiennes le long des quais, à des visites au musée du Jeu de Paume et à de longues heures, a priori consacrées à la lecture, dans les salons du Crillon ou l'été dans le jardin des Tuileries. Les Weber ne recevaient jamais personne. Grâce à Jean et Ingrid qui l'avaient invitée à plusieurs reprises à prendre le thé avant qu'elle ne finisse par accepter, Barbara avait retrouvé un semblant de vie sociale.

Quand elle entendit Hans hausser le ton, elle comprit que Ludwig n'avait pas suivi son conseil. Elle ne fit pas référence à cette altercation, mais lui proposa quelques jours plus tard d'inviter son ami une après-midi. Si Ludwig avait osé braver son père, c'est que ce jeune homme devait être important pour lui. La seule consolation de Barbara était le bonheur de son fils.

I Have a Dream

Depuis le temps que Nino et Marie le tannaient pour faire la connaissance de Ludwig, Sam s'était enfin décidé à l'inviter au P'tit Zinc. Il avait tant attendu ce jour, qu'il n'avait pourtant lui-même cessé de repousser, constamment à l'affût du moment idéal. Ses amis n'étaient-ils pas d'univers trop différents ? Il connaissait Nino sur le bout des doigts, Marie était devenue sa grande sœur, mais que savait-il vraiment de Ludwig et de leur relation ?

Après s'être enthousiasmé à l'idée de cette rencontre, Sam s'était tellement interrogé sur sa pertinence qu'il avait failli tout annuler. Il avait toutefois fini par lâcher prise, allant même jusqu'à trouver du plaisir dans cette attente. Pourtant, le jour J, il fut cueilli dès le saut du lit par un drôle de pressentiment. Une tache d'encre échappant au buvard de sa joie se répandit en lui au fil de la journée. Quand donc cesserait-il de se torturer ?

L'accalmie n'arriva qu'en fin de journée, les marronniers en fleur et le calme de la place ; exceptionnellement interdite à la circulation, l'enchantèrent. Tout confinait au *kairos*. Sam respira à pleins poumons. Il se faufila par la porte entrouverte du restaurant, sourire aux lèvres, et fut cueilli par une douche glacée. Ses amis étaient là, l'air sombre et accablé. Marie et Nino avaient les yeux rouges. Ils lui apprirent que le monde entier était bouleversé par l'assassinat de Martin Luther King. Sam était le seul à ne pas être au courant.

Depuis qu'il n'était plus vendeur de journaux, il ne lisait plus que les éditions du week-end et les reportages des hebdomadaires. S'il était sorti de chez lui ce jour-là, il n'aurait pu échapper à la nouvelle qui agitait toute l'Amérique et dont l'onde de choc avait atteint l'Europe le matin même. Mais il était resté enfermé, coupé du monde, pour boucler une traduction. Cette terrible nouvelle le cueillit comme un uppercut en plein foie. Littéralement sonné, il s'écroula sur une chaise en desserrant fébrilement le nœud de sa cravate. Un bourdonnement emplit ses oreilles tandis qu'un goût âcre envahissait sa gorge. Quand Marie le prit par les épaules, il serra les mâchoires et ferma les yeux pour retenir ses larmes, en vain.

Désarmés par la même impuissance, leur douleur supplantant un instant leur colère, ils communièrent dans un abîme de silence. Nino qui avait gardé un œil sur la pendule, alluma le transistor posé sur le comptoir. La voix du révérend King retentit dans la salle vide du restaurant : « *I have a dream that one day "every valley shall be exalted, and every hill and mountain shall be made low, the rough places will be made plain, and the crooked places will be made* *straight. [...]" With this faith, we will be able to transform the jangling discords of our nation into a beautiful symphony of brotherhood**. »

Ludwig se tenait sur le seuil. Marie fut la première à le voir. Elle lui adressa un chaleureux sourire, encore tout fané de larmes. Les autres l'imitèrent. Sam, les yeux encore clos, pleurait en silence. Lorsqu'il les ouvrit, il remarqua le discret crêpe noir dépassant de la poche du veston de son ami. Il se leva d'un bond et se précipita vers Ludwig qui lui ouvrit les bras. Aussi surpris l'un que l'autre par la spontanéité de leurs gestes, ils s'étreignirent en public pour la première fois.

---

* « Je fais le rêve qu'un jour « chaque vallée soit élevée, chaque colline et chaque montagne soient abaissées, que les rugosités soient nivelées et les courbes aplanies » [...] Avec cette foi, nous pourrons transformer les stridentes discordes de notre nation en une belle symphonie de la fraternité. », *The Heirs of the Estate of Martin Luther King, Jr.*

Lost in the Stars

Le coup de foudre amical entre Marie et Ludwig fut immédiat. Ils eurent et donnèrent l'impression, dès leur première conversation, de reprendre un échange engagé depuis longtemps. Les voix de leurs amis étaient rarement dissonantes, mais l'unisson des leurs relevait du miracle. Ils prirent l'habitude de s'asseoir côte à côte le samedi soir au P'tit Zinc, et même de s'y retrouver de temps à autre tous les deux dans le courant de la semaine.

Ludwig était avide de tout documenter. De tout filmer. De vivre et de garder une mémoire des événements, de ce printemps dont les floraisons annonçaient bien plus qu'un éphémère renouveau, il en était persuadé. Il tentait de compenser à sa façon cette mémoire dont il était privé, comme beaucoup d'enfants nés au lendemain de la guerre, notamment outre-Rhin.

Intimement convaincue que le pouvoir se prend sur le terrain, Marie était quant à elle résolument dans le présent. Elle documentait pour donner encore plus d'échos aux revendications des laissés-pour-compte, de « ces oubliés du pouvoir et des médias ». Elle écrivait pour donner voix aux ouvriers en grève, pour mettre en lumière le rôle significatif des travailleurs étrangers au sein du mouvement social, pour donner la parole aux femmes et faire entendre leurs revendications. Se battre était dans ses gènes. Ce besoin de dire qui contrastait tant avec le silence imposé à ses parents, qui s'étaient rencontrés dans la Résistance, y prenait sans doute sa source. Nino avait affirmé fièrement un soir que Marie, née en mai 45, était « le plus beau fruit de la Libération », avant de lever son verre vers elle. Incapable de prononcer un mot, Ludwig s'était contenté d'imiter son geste et de boire rapidement une gorgée pour cacher son trouble. Seul Sam semblait l'avoir remarqué. Peut-être l'avait-il même anticipé, car lui seul savait qu'évoquer cette période était toujours une souffrance pour son ami.

Un matin qu'ils marchaient sur les quais de Seine, tentant de dissiper les brumes d'une grisante nuit blanche, Ludwig s'était soudain figé sur place quand un homme en pardessus noir les avait dépassés. Il avait tourné les talons et s'était agrippé au bras de Sam. Incommodé par ce geste malgré l'absence de promeneurs, Sam s'en serait volontiers dégagé s'il n'avait senti dans le creux de son coude la main de Ludwig trembler. Pour apaiser sa crainte du regard des autres et pour se donner du courage, Sam s'était répété cette phrase d'Artaud qui le hantait souvent : « J'ai pour me guérir du jugement des autres toute la distance qui me sépare de moi-même », avant de poser sa main sur celle de son ami. Ils avaient marché un long moment en silence.

Après s'être installés sur un banc du square du Vert-Galant, Ludwig avait commencé à se confier. Cet homme en noir qu'il avait pris pour son père avait réveillé en lui de vieux démons... Ses propos étaient terriblement confus. Au-delà de la propre froideur de son père, c'était la chape de plomb qui pesait sur son histoire familiale, tout autant que sur celle de son pays, qui lui interdisait toute question et toute confrontation avec ses parents. Il devait avoir une douzaine d'années lorsqu'il avait tenté d'interroger sa mère. Comme tous les enfants, il avait envie de savoir ce que faisaient ses parents avant qu'il ne soit là. Comment ils s'étaient rencontrés ? D'abord hésitante, elle lui avait raconté quelques anecdotes. Il se reprochait de ne pas les avoir notées, mais comment aurait-il pu imaginer que l'amnésie collective frapperait jusqu'à sa propre mère ?

De ce passé sans images et sans mots ne semblait subsister que la musique. C'était grâce à elle que ses parents s'étaient rencontrés. Barbara, alors toute jeune chanteuse, donnait une série de récitals à Heidelberg. Elle interprétait des lieder de Schubert. Le jour du dernier concert, le pianiste qui l'accompagnait s'était ouvert le front en se prenant les pieds dans une guinde au théâtre. Barbara l'avait conduit à l'hôpital où Hans, alors jeune interne, s'était occupé de lui, tout en n'ayant d'yeux que pour elle.

De sa propre enfance, Ludwig gardait le souvenir de ses parents écoutant religieusement des symphonies de Bruckner, Beethoven ou Wagner, et de sa mère une fois seule passant et repassant ses disques de Purcell ou Haendel. Il aimait toutes ses musiques, se nourrissait de leurs contrastes et de cette infinie palette d'émotions qu'elles déclenchaient en lui. Elles avaient tous les pouvoirs, mais il n'aurait pas cru qu'elles puissent déclencher autant de colère, jusqu'au jour où son père brisa un disque de Kurt Weill qu'il avait découvert entre deux livres de la bibliothèque. Une fois de plus, aucune parole ne fut prononcée, mais Ludwig comprit que la musique, à l'origine de leur rencontre, faisait, elle aussi, partie de leurs silences.

Grândola, Vila Morena

Antonio était en train de réparer la porte de la loge quand Sam arriva. Grada était survoltée par cette fête qu'elle préparait depuis des jours et des jours. Sam prit la mesure, ou plutôt la démesure, de son projet en entrant dans la cuisine. Table, buffet, gazinière, et même l'étroit rebord de fenêtre, tout ce qui pouvait servir de support était recouvert d'un plat, voire de plusieurs, parfois posés l'un sur l'autre dans un équilibre incertain. Certes, la cuisine n'était pas très grande, mais tout de même. Sam l'embrassa et, tout en essayant de garder l'air le plus sérieux possible, ne put s'empêcher de lui lancer un « tu penses qu'il y en aura assez », avant de lui dire qu'il allait chercher la table, en espérant qu'elle serait assez grande.

Cela faisait des années qu'il n'était pas descendu à la cave. L'odeur, l'humidité, la lumière blafarde de l'unique ampoule. Rien n'avait changé. Comme dans son souvenir, l'étagère la plus haute était dévolue aux pots de confiture – jadis hors de portée pour Nino et lui, elle était aujourd'hui à hauteur de ses yeux. Juste en dessous, des conserves de légumes ; il en reconnut deux ou trois qui venaient du couvent et se demanda machinalement si elles étaient encore bonnes ou si Antonio craignait de commettre un sacrilège en les jetant. Tout était exactement à la même place, comme si là, sous terre, à l'abri des regards et de la vie, les choses pouvaient être immuables. En déplaçant les fûts de son ancienne *batterie* pour accéder à la grande planche, Sam eut un pincement au cœur. Associer la musique à ce lieu ne pouvait que faire écho à l'absence de Charly. Il saisit la planche et remonta vite à la surface, comme si la lumière pouvait avoir raison de son chagrin. Percevant l'orage derrière son sourire crispé, Antonio l'envoya prendre un chiffon à la cuisine et s'empressa de descendre chercher les tréteaux.

Joseph arriva, comme à son habitude, les bras chargés de fruits. Au milieu des fraises et des cerises trônait un ananas Victoria. Grada se précipita pour le sentir, c'était une véritable manie chez elle.

Où étaient les invités ? Grada était impatiente. Non pas qu'elle fût à cheval sur l'heure, mais elle avait toujours rêvé d'organiser un anniversaire surprise pour son fils, et cette année, c'était l'occasion ou jamais. Le 25 avril tombant un dimanche, elle avait pu réunir tous leurs amis. Depuis deux ans, cette date avait pris une nouvelle dimension pour elle et son mari, comme pour bon nombre des sept cent cinquante mille Portugais exilés en France ; elle marquait en effet le début de la *Revolução dos Cravos**. Pour elle, ce n'était pas un hasard si deux des plus beaux jours de sa vie – la naissance de son fils et la renaissance de son pays, le troisième étant celui de son mariage – ne faisaient qu'un. Ce mystère aussi impénétrable que les secrets de Notre-Dame de Fatima la comblait, un point c'est tout.

Rosa et Dorothy arrivèrent bientôt, accompagnées d'Ingrid qui remercia vivement ses hôtes de l'avoir invitée et leur remit un joli bouquet d'œillets rouges ; l'attention les toucha. Ludwig devait les rejoindre dans le courant de l'après-midi. Marie, qui avait prétexté une course avant de retrouver Nino chez ses parents, donna le signal : il allait arriver d'un moment à l'autre. Elle s'engouffra dans la loge avec ses presque beaux-parents, tandis que les invités rejoignaient Sam dans un recoin de la cour, afin de ne pas être visibles depuis le porche.

Au bout d'une demi-heure, Dorothy, impatiente, alla voir Marie. « Il ne va sans doute pas tarder, peut-être un souci de métro. » Grada commençait à s'inquiéter. Antonio proposa d'aller jusqu'à la station de métro. Marie apporta une autre bouteille aux invités et quelques croquettes de morue. Elle avait, elle aussi, besoin de s'occuper l'esprit.

Ils étaient tous installés autour de la table, quand Antonio arriva les bras chargés de trois gros sacs plus usés les uns que les autres. Il les posa devant la loge et prit juste

---

* Révolution des œillets. Événements ayant entraîné, en 1974, la chute de Salazar. Les conjurés portaient un œillet rouge à la boutonnière en signe de ralliement.

le temps de leur dire que tout allait bien, qu'il revenait dans un instant, avant de disparaître à nouveau. Dorothy voulut le suivre, Ingrid la retint. Sam n'avait pas atteint le porche qu'Antonio et Nino apparurent, soutenant une femme vêtue de haillons. Grada se précipita et partagea le sourire qu'elle adressait à son fils avec la petite femme au teint blafard. Marie vint lui prêter main-forte pour s'occuper de l'invitée surprise, une clocharde que Nino avait rencontrée assise sur les marches du métro.

Slave Auction

Alors que Sam sillonnait l'Europe depuis près de dix ans pour *SO WhAT*, Ingrid lui proposa de l'envoyer à New York. Fou de joie dans un premier temps, il ne put s'empêcher cependant d'éprouver une certaine angoisse. Il ne savait rien ou si peu de sa petite enfance dans cette ville qui l'avait vu naître trente-quatre ans plus tôt, et tenta d'interroger Rosa. Mais il s'avéra impossible d'obtenir la moindre information sur leur vie là-bas. Refusait-elle de répondre ou souffrait-elle d'une réelle amnésie ? Sam s'en voulait de ne pas en avoir parlé plus tôt. Il ne concevait pas particulièrement ce voyage professionnel comme un pèlerinage, mais comment ne pas être tenté d'en profiter pour aller voir d'où il venait ?

Le sommeil eut vite raison de lui, arrivé au milieu de la nuit dans son petit hôtel. Il fut réveillé aux aurores par la chaleur et par un drôle de ronronnement qu'il attribua à l'air conditionné avant de se rendre compte qu'il était en panne. En ouvrant la fenêtre, il vit une immense décharge, puis une drôle de plantation sillonnée par un tracteur rouge de la taille d'un Playmobil. Il se frotta les yeux pour s'assurer qu'il ne rêvait pas. Dix minutes plus tard, il était au bord d'un champ de blé, encore plus grand vu du sol. Au loin, miniature vert-de-gris posée sur l'horizon doré du champ, se détachait la statue de la Liberté, tandis que, au premier plan, une femme à la crinière auburn émergeait des épis déjà hauts. Sam la salua. À son grand étonnement, elle lui demanda d'emblée s'il arrivait de Paris. À peine eut-il acquiescé qu'elle lui tendit la main en ajoutant : « *So you are Ingrid's man! I'm Ágnes Dénes**. » Sam comprit alors qu'Ingrid avait tout manigancé pour ménager l'effet de surprise : l'arrivée tard le soir, la chambre avec vue sur Battery Park City. Ágnes lui fit faire le tour du propriétaire en lui expliquant l'impressionnant travail des bénévoles sans lesquels *Wheatfield – A Confrontation*** n'aurait pas pu voir le jour. En plantant ce champ de blé de plus 8 000 m^2 à proximité de Wall Street et du chantier du World Trade Center, sur un terrain estimé à plusieurs milliards de dollars, elle souhaitait dénoncer le gaspillage, sensibiliser à la faim dans le monde et aux préoccupations écologiques.

Ágnes lui avait indiqué à quelle station descendre. Sam était content qu'elle ne lui ait posé aucune question, car il ne savait pas ce qu'il aurait répondu. La 126e se trouvait à un block à peine de la sortie du métro. Il tourna à

* « Ah, vous êtes l'homme d'Ingrid ! Je suis Ágnes Dénes. »
** « Champ de blé, une confrontation ».

gauche, croisa Madison Avenue et s'immobilisa devant le 17 East. Tout lui semblait familier, l'escalier flanqué de deux fenêtres en entresol et, au premier étage, le numéro peint au-dessus de la porte. La rue était déserte et étonnamment silencieuse à cette heure de la journée. Il repensa aux mots de Thelonious inscrits au dos de la photo : « *A Great Day in Harlem. All that's missing is you.* » Son père ne lui avait jamais autant manqué. Il s'assit sur le *stoop,* dos à la façade, et sortit de son portefeuille la photo craquelée. Ils étaient tous debout, sauf un assis sur le trottoir avec des enfants du quartier. Il ferma les yeux en la serrant entre ses paumes jointes, ses index posés sur ses lèvres. Où donc aurait été son père ? À côté de qui ? Sur quelle marche ? Un instant, il se prit à rêver que, assis sur l'escalier ce jour-là, Charly n'avait tout simplement pas eu le temps de se lever au moment du déclic ; un genou fatigué avait eu raison de sa postérité.

Sam marcha jusqu'à l'Apollo Theater, puis décida de descendre vers le Museum Mile. Il n'entra finalement dans aucun musée, il y avait trop de monde. Tout était *trop*, ici. Trop grand. Trop grouillant. Trop surdimensionné. Pourquoi ne parvenait-il pas à trouver la même familiarité que dans les villes européennes qu'il avait visitées ? Pourquoi une telle distance avec ce pays qui l'avait vu naître ? Une force indicible le rattachait indéfectiblement au Vieux Continent. Bien qu'affolé par ce gigantisme et le chaos ambiant, il finit cependant par admettre que New York, plus que toute autre ville, se prêtait aux rencontres et aux découvertes les plus inimaginables. Comme celle qu'il vécut le soir même dans une galerie de Chelsea.

Quand ses yeux se posèrent sur la vaste toile encore fraîche, Sam eut la sensation qu'une main invisible plongeait dans sa poitrine pour lui arracher les tripes. Il fut submergé par des haut-le-cœur et eut à peine le temps d'arriver aux toilettes pour vomir. En proie au mal de mer et à des creux immenses, il tanguait si dangereusement qu'il éprouva le besoin de s'accroupir. Il resta ainsi un long moment avant de trouver la force de se relever. Après s'être aspergé d'eau le visage, il retourna au sous-sol. *Slave Auction** ! Il commença à distinguer les bruits de chaînes et les plaintes à peine couvertes par le clapotis des vagues de cette mer anormalement calme qui l'engloutit tout entier.

Quelqu'un lui tapa sur l'épaule. C'était la galeriste qui descendait éteindre les lumières. Tout le monde était parti depuis longtemps.

* Littéralement, « vente aux enchères d'esclaves ».

Sarabande

Depuis qu'il l'avait rencontrée aux *Bundesarchiv** au tout début des années 1980, Ludwig entretenait une correspondance régulière avec Anna. Adopté par ses colocataires, il logeait toujours chez eux chaque fois qu'il séjournait à Berlin-Ouest. Il lui écrivit qu'il comptait revenir en janvier pour continuer ses recherches, ajoutant qu'il serait peut-être accompagné, cette fois-ci. Anna lui répondit aussitôt avec son enthousiasme habituel en lui disant qu'ils l'attendaient tous de pied ferme, et qu'ils seraient heureux de faire enfin la connaissance de son *unsichtbare Mann*, son « homme invisible ».

Anna multipliait les petits boulots pour continuer à explorer le passé à sa guise. Curieuse de tout, elle s'égarait parfois au fil de ses découvertes. Ludwig espérait que Sam serait enfin du voyage ; il était persuadé que cette ville lui parlerait. Plus que deux mois à attendre. Mais le mur tomba et Ludwig partit sur-le-champ.

Dès son arrivée, il fut happé par la foule grouillante qui avait envahi Checkpoint Charlie. Un flot quasi ininter-

---

* « Archives fédérales. »

rompu de Trabant remontait la rue. Plus loin, des soldats français et anglais distribuaient des rations alimentaires aux nouveaux venus, tandis que leurs homologues soviétiques cherchaient à se procurer des cigarettes. Un homme assis sur le trottoir vendait des uniformes est-allemands ; un autre demandait où se rendre pour toucher les cent Deutsche Marks de *Begrüßungsgeld**. À califourchon sur le mur, une jambe à l'Est et l'autre à l'Ouest, une trentaine de jeunes chantaient en levant leurs verres. Un homme en costume cravate jouait sur son violoncelle un morceau qu'il ne reconnut pas. Il pensa à sa mère. Elle était soudain là, avec lui, au pied de cette frontière intérieure qu'elle avait passée sous silence. Elle avait toujours tu cette ligne de démarcation la coupant en deux au plus profond de sa chair, comme on cautérise maladroitement une plaie au risque de la rendre plus purulente.

Née à Leipzig du temps où les deux Allemagne ne faisaient qu'une, Barbara s'était installée à Heidelberg après son mariage avec Hans. C'est là qu'était né Ludwig, leur fils unique. Dix ans plus tard, avec la construction du mur, elle s'était retrouvée du jour au lendemain exilée à l'Ouest, coupée de sa propre famille. C'était toutefois son mari, plus encore que l'histoire de son propre pays, qui avait ajouté à sa douleur muette. L'incompréhensible aller-retour de part et d'autre de ce rideau de fer qu'il lui avait

---

* « Argent de bienvenue » remis par le gouvernement ouest-allemand aux citoyens de RDA.

imposé avait achevé de creuser ses plaies, de la déchirer. Quatre années à Leipzig au plus fort de la répression communiste, puis un irréversible adieu au pays, direction Bâle où leur fils avait grandi avant leur arrivée à Paris.

Ludwig, qui ignorait l'essentiel de cette histoire, était cependant bien conscient des traces qu'elle avait laissées sur eux. Il s'était toujours refusé à passer à l'Est ne fût-ce qu'une journée, non par crainte de ne pouvoir en revenir, mais pour ne pas trahir sa mère, privée du pays de son enfance, en y retournant sans elle. Pris d'un besoin incompressible de s'attaquer au mur, il le frappa avec rage, mettant l'âme du béton à nu.

De retour à l'appartement, un mot l'attendait sur la table de la cuisine. Ludwig reconnut l'écriture – et le clin d'œil – d'Anna. Il devait rappeler au plus vite *Der unsichtbare Mann*. Malgré l'heure tardive, il tenta de joindre Sam. Il laissa sonner un moment, puis recommença à deux reprises sans succès. Il l'avait probablement appelé pour venir le retrouver. Ludwig mit du temps à s'endormir, tout excité à l'idée que son compagnon le rejoigne.

Anna vint secouer Ludwig, il faisait encore nuit : « *Sam wartet auf dich**. » Il se frotta les yeux. Elle le pressa. Sam était au bout du fil. Ludwig se leva d'un bond. En entendant sa voix, il comprit immédiatement que quelque chose n'allait pas. Les mots de Sam, cinglants comme un violent coup de badine, le mirent à genoux. Il prit juste le temps

* « Sam t'attend. »

de demander des nouvelles de sa mère et de dire qu'il rentrait au plus vite. Il raccrocha et s'effondra sur l'un des bancs de la cuisine.

Le Cri

En arrivant chez Rosa, Dorothy se rendit compte que la porte en métal jouxtant sa chambre de bonne était entrouverte. Sa mère lui dit qu'elle n'avait rien remarqué en remontant de chez Jean et Ingrid, mais qu'il valait mieux ne pas s'en mêler. La jeune femme raconta sa journée qui semblait avoir duré au moins vingt-quatre heures. Rosa, qui rinçait du linge dans l'évier, ratait un mot sur deux à cause de la robinetterie qui pétaradait de façon inquiétante. Jean et Ingrid l'hébergeaient pour ainsi dire gratuitement depuis des années, et elle ne voulait pas les importuner avec ça. Peut-être allait-elle en parler à Antonio, enfin ce n'était pas sûr, car il avait beaucoup de travail. Rosa craignait toujours de déranger et ne se départait jamais de cette sensation de ne pas être à sa place. Ingrid s'était battue plusieurs mois pour que Rosa daigne s'asseoir à sa table pour prendre le café. Contrairement à sa mère, Dorothy s'était tout de suite sentie à l'aise chez les *madrinhas*. Adolescente, elle s'arrêtait souvent en rentrant du collège ou du lycée pour raconter ses aventures ou boire les paroles d'Ingrid, qui partageait avec elle ses découvertes et ses enthousiasmes du moment.

Lorsque Dorothy sortit pour aller aux toilettes, la porte en métal était toujours dans la même position. Tentée de la pousser, elle se ravisa et dit sa mère qu'elle descendait chez les parents de Ludwig. Après deux coups de sonnette infructueux, elle alla frapper au premier. Jean était seule, Ingrid était à Copenhague avec Sam. Elles étaient sur le pas de la porte lorsque Mme Weber apparut dans l'escalier. Jean renvoya Dorothy, en lui disant qu'elle allait s'en occuper. Barbara avait l'air vidée. Jean voulut la faire entrer un instant. Elle refusa. Elle venait d'aller faire un tour dans le quartier pour chercher son mari qui n'était pas rentré à l'heure habituelle, et elle avait peur qu'il ne soit revenu en son absence.

Jean la laissa rentrer seule et monta au dernier étage. Rosa et Dorothy entendirent son cri à travers la cloison.

Les trains étant pris d'assaut, Ludwig mit trois jours à trouver un billet pour rentrer de Berlin. Barbara, sous le choc, étant incapable de quoi que ce soit, Jean s'occupa de tout. Hans fut enterré une semaine plus tard au cimetière du Montparnasse. Ingrid et Sam ayant pu avancer leur retour, ils étaient six, en comptant le pasteur, le jour de l'enterrement.

Lascia ch'io pianga

Au cours des semaines qui suivirent, Ludwig reçut plusieurs lettres d'Anna relatant l'effervescence qui perdurait à Berlin. Il voyait dans ce fil ténu qu'elle tissait entre eux, une main tendue lui rappelant délicatement sa présence. Il était d'autant plus touché qu'elle pense à lui et prenne le temps de lui parler de ce présent empreint d'espoir qu'il redoutait de plus en plus, depuis la disparition de son père, de voir rejaillir les stigmates d'un passé qui n'était pas le sien.

Ludwig s'installa chez sa mère. Il pensait que c'était mieux pour elle, avant de se rendre compte que c'était mieux pour lui aussi. En retrouvant sa chambre, il eut la sensation que rien n'avait bougé depuis dix-sept ans. Chaque objet, chaque livre semblait à la même place. La vieille édition de *Die Leiden des jungen Werthers** héritée de son grand-oncle Karl. La traduction de *Phèdre* de Racine par Schiller, couverte de ses propres notes. Ses recueils de Paul Celan. Un parfum de naphtaline s'échappa de l'armoire dans laquelle pendaient encore l'un de ses vieux

---

* *Les Souffrances du jeune Werther*, de Johann Wolfgang von Goethe, 1774.

costumes et le manteau qu'il portait en arrivant à Paris. En prenant une serviette, une boîte dissimulée entre les piles de linge tomba. Des dizaines de lettres s'éparpillèrent sur le sol. Aussi incapable de les lire que de les jeter, il les remit dans leur boîte et la glissa derrière le linge avant de refermer l'armoire.

Barbara et Ludwig vécurent un temps coupés du monde. Ils ralentirent inconsciemment leur rythme. Ils tentaient de s'occuper l'esprit et le corps en accordant aux gestes du quotidien un temps qu'ils auraient jugé, en d'autres temps, démesuré. Les rares fois où il était sorti faire des courses, Ludwig s'était dit qu'il allait en profiter pour faire un tour, pour s'aérer un peu, mais il était incapable de s'éloigner de l'appartement. Sitôt le nécessaire acheté, il était pris d'une irrésistible envie de remonter. Il avait besoin d'être auprès de sa mère, avec elle, à l'abri du monde. Il était presque soulagé que Sam ait dû repartir à Copenhague ; cela lui épargnait un choix cornélien.

L'absence de Hans était surtout pesante à l'heure des repas. Le reste du temps, Ludwig s'attendait à le voir sortir de son bureau ou pénétrer dans le salon, l'air sombre. Hans était toujours ailleurs, même quand il était encore là. Retrouvant son piano, Ludwig passait de longues heures à jouer. Il comprit à quel point ça lui manquait. Au début, il n'osait pas jouer de peur de déranger sa mère dans sa lecture, avant de s'apercevoir qu'elle ne lisait pas. Elle ouvrait de temps en temps le livre posé sur ses genoux, toujours le même, comme si elle attendait que des phrases s'en échappent et l'enlacent pour la ramener à l'histoire.

La première à leur rendre visite fut Rosa. Elle avait su très vite ce qu'elle allait leur préparer. Mme Weber l'ayant complimentée sur sa tarte au citron lors d'un *tea time* chez Jean et Ingrid, cela tombait sous le sens. Il fallait juste qu'elle trouve l'audace de se lancer. Si elle s'était écoutée, elle aurait laissé sa tarte sur le pas de la porte. Prenant son courage à deux mains, elle avait cependant fini par sonner. Ludwig lui avait proposé d'entrer. Elle avait refusé, prétextant une course urgente. Son embarras étant palpable, il n'avait pas insisté. Il lui avait juste demandé d'attendre un instant. Très touchée, Barbara allait lui serrait la main quand Rosa, par réflexe, eut un mouvement de recul. Les mots tentèrent de remplacer le geste. En refermant la porte, Ludwig croisa les yeux rougis de sa mère et détourna le regard.

Jean et Ingrid les invitèrent à déjeuner le dimanche suivant. Bien qu'elle se sentît encore très fragile, Ludwig convainquit sa mère que cela leur ferait du bien. Jean le prit un instant à part en lui proposant, quand il se sentirait prêt, de l'accompagner *là-haut* s'il le souhaitait. Il monta finalement seul dans la semaine qui suivit. Il ne se doutait pas que, en franchissant la porte en métal, il allait ouvrir la boîte de Pandore.

Suspicion

En soulevant les draps blancs, Ludwig découvrit un meuble métallique couvrant tout un pan de mur. Sur ses étagères, soigneusement alignés comme des livres rares, étaient entreposés un nombre incalculable de cadres. Il pensa un instant à refermer la porte à double tour, à jeter la clé dans la Seine et à s'enfuir. Il était trop tard, le passé comme une bête malfaisante longtemps tapie dans l'ombre venait de lui sauter en plein visage. Il avait du mal à déglutir. Ses membres étaient tétanisés. Il avait bien entendu parler de l'amour de son père pour la peinture et d'une collection qui lui venait de sa famille, mais il n'imaginait pas qu'elle fût si importante. Ludwig sentait une indicible angoisse monter en lui. Cette découverte lui faisait craindre le pire. Il referma la porte sans oser regarder un seul tableau.

Sam absent, Ludwig écrivit à Anna, ce qui lui permit de mettre un peu d'ordre dans ses idées. Après avoir longtemps hésité sur les termes et ne sachant pas ce qu'il cherchait, il lui demanda si elle avait déjà travaillé sur les collectionneurs allemands. Croyant faire de son ignorance sa force, Ludwig avait tenté pendant toutes ces années de se préserver des démons du pays qui l'avait vu naître. Il lui arrivait d'envier Sam d'être né outre-Atlantique, bien que sa couleur de peau n'ait pas fait de lui un citoyen américain comme les autres. Ludwig avait fini par se persuader que plus le temps passait, plus il avait de chance d'être épargné. Il ne s'était jamais douté que le compte à rebours était enclenché depuis longtemps. Le pire, à présent, c'est qu'il n'avait d'autre choix que de traverser ce champ de mines.

À son retour de Buenos Aires, Sam eut un mal fou à trouver le sommeil. Fatigué et contrarié, il s'en était livré à Ludwig qui s'était montré étonnamment indifférent. Il avait l'impression que ses propos glissaient sur lui comme *sur feuille songe* – selon l'expression de Joseph –, ce qui ne ressemblait en rien à son compagnon, habituellement si attentif. Il était aux alentours de 3 heures du matin, Sam lisait, allongé sur le canapé du salon, quand il l'entendit crier. Il se précipita dans la chambre. Ludwig était assis sur le lit, en sueur, le regard vide. Sam s'approcha sans dire un mot et tenta de lui prendre la main. Ludwig la retira. Le lendemain matin, Sam insista. Incapable de trouver les mots, Ludwig l'entraîna au dernier étage.

Les cadres étaient serrés les uns contre les autres. Sam en tira un délicatement. Les formes noires se détachant sur un fond rose révélèrent bientôt des visages. Il sortit ensuite des femmes attablées à une terrasse, une femme sous une ombrelle et une autre face à son miroir, dont la peau cuivrée les surprit. Une seule toile était signée, mais elles étaient probablement l'œuvre d'un même artiste, Kirchner, d'après ce qu'ils avaient déchiffré. La chambre vite envahie, ils durent ranger les premières afin de pouvoir sortir les suivantes. Ludwig, qui avait toujours vu la *Femme allongée aux bas verts* exposée chez ses parents, fut abasourdi par le nombre de nus d'Egon Schiele qu'ils trouvèrent. En proie à l'étrange sensation de découvrir une face cachée de son père, il sentit monter en lui un sentiment de culpabilité l'empêchant de savourer pleinement l'émotion liée à la découverte de ces œuvres.

Malgré sa charge de travail, Ludwig consacrait le plus de temps possible à ses recherches. Il abordait chaque nouvelle source d'information avec appréhension, espérant et craignant découvrir le nom de son père au détour d'une page. Il souhaitait trouver la preuve de son innocence, mais l'ampleur du trafic, la diversité et la multiplicité de ceux qui y avaient pris part, commençaient à instiller en lui un réel doute quant à l'origine des œuvres entassées dans la chambre de bonne. Barbara n'était sûrement pas au courant et, il préférait, tout au moins pour l'instant, préserver sa mère. La seule fois où il avait osé lui poser des questions sur certains des tableaux accrochés dans leur appartement, elle lui avait répondu qu'ils venaient de son grand-oncle paternel, Karl. Il avait commencé sa collection en achetant des toiles et des gravures à des jeunes artistes de Dresde et l'avait étoffée lorsqu'il vivait à Bâle. Elle s'était interrompue soudain, en demandant à son fils pourquoi cela l'intéressait tant. Dans d'autres circonstances, il aurait probablement trouvé une repartie, mais il fut si déstabilisé qu'il détourna, maladroitement, le cours de la conversation.

Ces longs mois de recherches n'avaient rien donné. Ludwig avait la sensation d'avoir épuisé toutes les pistes, chercher la provenance de ces œuvres pourrait prendre des années. Il fallait attendre que de nouvelles sources soient découvertes, que de nouvelles archives soient accessibles, et encore, comment être sûr que ces fastidieuses enquêtes aboutissent ? Il doutait de plus en plus du bien-fondé de sa quête et commençait à se faire une raison quand une fuite changea la donne.

Capriccio

Réveillé en sursaut par la sonnerie du téléphone, Ludwig glissa la tête sous l'oreiller. Il pensait que Sam allait décrocher le combiné posé de son côté du lit. Mais l'appareil sonna une bonne dizaine de fois sans que son compagnon ne parvienne à s'extirper des limbes de son cauchemar. Tout fut soudain silencieux. Le téléphone s'était tu. Sam s'abandonna à l'étreinte salvatrice de Ludwig. Il regarda machinalement le réveil. Il était bien trop tôt pour se lever. Il se blottit contre lui et commença à reprendre pied en se concentrant sur son souffle. Il se serait probablement endormi si le téléphone n'avait sonné à nouveau. Rosa était inquiète. Elle n'avait pas voulu alerter son fils malgré les signes avant-coureurs qui s'étaient intensifiés au cours des derniers jours. Elle avait toujours peur de l'embêter, mais là, elle ne savait plus quoi faire. L'eau coulait sans discontinuer. Après avoir écopé un bon moment, elle s'était mise en quête du robinet d'alimentation, en vain. Elle s'était donc résolue à appeler Sam.

Le plombier eut du mal à localiser l'origine de la fuite. Rafistolée à maintes reprises, la tuyauterie des chambres de bonne échappait à toute logique. Ainsi le robinet du coin cuisine de Rosa était-il raccordé sur celui de la chambre voisine. Ils n'eurent pas besoin de se dire un mot. Sam proposa un café au plombier, tandis que Ludwig s'assurait que toutes les toiles étaient bien à l'abri des regards. Le plâtre du mur mitoyen commençait à s'effriter. Il n'y avait aucun doute pour l'artisan, c'était là que se trouvait le tuyau défectueux. Sam prit congé, il était attendu. Au troisième coup de burin, une brique se détacha du mur. Le plombier retira les suivantes sans effort, mettant à jour une petite cavité dans laquelle il glissa la main. Ses doigts heurtèrent un matériau plus lisse. Dans le faisceau de sa lampe torche, il distingua un petit coffre en bois. À la vue des initiales de son père entrelacées sur la boîte, le sang de Ludwig se glaça.

Le plombier parti, il ouvrit la boîte, le cœur battant. Une odeur de vieux papiers s'en échappa. Il dénoua fébrilement le ruban entourant un paquet de photographies. Il reconnut le visage de son père tel qu'il ne l'avait jamais vu. Hans et trois autres jeunes hommes vêtus de leur blouse de carabins posaient dans un décor orientaliste. Sur la photo suivante, son père se trouvait aux côtés d'une femme aux cheveux tirés portant des petites lunettes rondes, dans une salle remplie de tableaux. Ludwig crut reconnaître un Picasso et un Matisse. Le commentaire – en français – l'intrigua : « L'inégalable Rose, "salle des Martyrs", Paris, 1942. » La photo d'une foule de gens faisant la queue devant l'entrée d'une exposition attira son attention, tout comme les mots de son père : « *Alles ist darauf ausgerichtet, die Öffentlichkeit zu empören und zu verärgern. Was für ein Brechreiz ! Ausstellung Entartete Kunst, München 1937**. » Les indications figurant au verso étaient tout aussi précieuses que les images elles-mêmes. Les doutes de Ludwig concernant un trafic d'œuvres d'art se confirmaient. La grande enveloppe glissée sous les photos contenait plusieurs documents dont un leporello couvert de chiffres et d'incompréhensibles annotations et un programme de l'opéra de Paris, pour la première de *Capriccio* de Richard Strauss au palais Garnier le 22 juin 1942. Il l'examina avant de découvrir que le rôle de la comtesse Madeleine était interprété par Barbara Weber. Son père, et maintenant sa mère ! Toutes ces pièces éparpillées ne faisaient que renforcer sa confusion. C'était compter sans les petits carnets qu'il trouva dans le double fond de la boîte.

---

* « Tout a été pensé pour dégoûter et indigner le public. Quelle nausée ! Exposition d'art dégénéré. Munich 1937. »

Deux amis

Ludwig classa les carnets par ordre chronologique. Les courts textes de Hans mêlaient coups de cœur et haut-le-cœur, cris de joie et de révolte, tristes pensées et douleurs *impansables*. Le carnet le plus ancien datait de 1933. Il révélait un jeune homme sensible et engagé. En partie soulagé, Ludwig ne pouvait toutefois s'empêcher de craindre en avançant dans sa lecture que son père, happé comme tant d'autres par la machine de guerre nazie, se soit retrouvé à pactiser avec le régime.

Un passage mentionnait l'acquisition de deux tableaux lors d'une vente aux enchères d'« art dégénéré » à Lucerne, en juin 1939. En se portant acquéreur, Hans les avait probablement sauvés de la destruction. Tous ses espoirs s'envolèrent cependant quand il découvrit que son père s'était volontairement engagé dans l'Einsatzstab Reichsleiter Rosenberg (ERR)*. Qu'est-ce qui avait bien pu avoir raison de lui ? Totalement désemparé, Ludwig avait décidé de s'arrêter là. Il ne se sentait pas prêt à

* Dirigée dès 1933 par Alfred Rosenberg, cette section du bureau de politique étrangère du parti nazi, effectua d'importantes confiscations d'œuvres d'art dans les territoires occupés par la Wehrmacht.

affronter les démons qui l'avaient si souvent hanté. Il n'avait pas la force d'aller plus loin, de peur d'écorner cette image à peine esquissée, il préférait en rester là. Sans l'insistance de Sam, il aurait été incapable de reprendre sa lecture.

Hans évoquait les ventes à Drouot et les trafics qui s'y déroulaient. Profitant du goût peu sûr de Maria Almas-Dietrich, qui disposait de sommes importantes pour acheter des œuvres pour le compte de Hitler, il avait eu l'idée de faire des faux. Le réseau interlope gravitant autour de la salle des ventes lui avait permis de trouver aisément un faussaire particulièrement talentueux. Hans se servait de l'argent récolté pour mettre en sécurité des originaux et acheter des œuvres à de jeunes artistes, dont la plupart furent envoyées en Suisse aux bons soins de l'oncle Karl.

Un autre épisode troubla Ludwig. En 1942, craignant les soupçons de l'un de ses supérieurs de l'ERR, Hans avait insisté auprès de sa femme afin qu'elle acceptât de faire partie de la distribution de *Capriccio*, dont une représentation exceptionnelle devait avoir lieu au palais Garnier avant la création officielle à Munich. Barbara avait dû céder face au danger qu'aurait représenté pour eux un tel refus. Hans culpabilisait : « Je m'en veux sincèrement de lui avoir imposé cela. Je sais qu'elle ne me le pardonnera jamais. »

La naissance de Ludwig, quelques mois à peine après leur retour à Heidelberg, marquait apparemment une trêve entre eux. Hans avait trouvé un poste à l'hôpital. Barbara s'occupait. Le répit semblait toutefois avoir été de courte durée. Dès l'automne suivant, Hans commençait à s'épancher sur son inquiétude face à la dénazification. Après avoir craint pendant une bonne partie de la guerre d'être identifié comme un ennemi du régime, il redoutait à présent d'être l'une des victimes collatérales de cette épuration arbitraire. Les Américains et leurs alliés cherchant des coupables, il tremblait à l'idée que le couperet ne s'abattît sur lui. Il était resté enfermé plus d'une heure dans un local d'entretien après avoir entendu un homme avec un fort accent américain prononcer son nom. De plus en plus méfiant, il allait bientôt refuser de recevoir du monde chez eux et interdire à Barbara de laisser entrer quiconque en son absence.

Les lignes relatant sa décision, apparemment soudaine, de partir pour Leipzig, réveillèrent chez Ludwig une douleur enfouie. Il put enfin dater ce matin d'hiver où il avait été arraché à sa nounou adorée. Il avait quatre ans. Hans s'accommoda de ses nouvelles conditions de travail et, se sentant enfin en sécurité en RDA, retrouva un certain calme. Barbara, elle, ne parvint jamais à se faire à cette vie de privation et de manque. Cinq ans plus tard, cependant, le nombre et l'état des victimes qu'il accueillit à l'hôpital suite à la répression violente d'une manifestation d'ouvriers poussèrent Hans à quitter l'Est pour s'établir à Bâle.

Interpellé à plusieurs reprises par des suites de chiffres glissées dans le corps du texte du journal de son père, Ludwig eut l'idée de tenter un rapprochement avec ceux figurant sur le mystérieux leporello trouvé dans la boîte. Il fit appel à une historienne spécialiste des œuvres d'art spoliées par les nazis. Elle put assez rapidement distinguer les œuvres saisies dans des musées allemands, celles provenant de musées français et celles achetées à de jeunes artistes.

Une fois la provenance des tableaux établie, Ludwig, enfin rassuré sur les motivations de son père, partagea pour la première fois le fruit de ses recherches avec sa mère. Ils décidèrent que les œuvres provenant des musées devaient retrouver leurs cimaises. Le 9 octobre 1995, le Städel Museum inaugura une nouvelle salle baptisée Hans Weber. Parmi les œuvres restituées se trouvait *Deux amis,* un tableau de Karl Hofer dont Ludwig eut le plus grand mal à se séparer tant il semblait les représenter, Sam et lui.

Une histoire à soi

Sam eut du mal à comprendre la réaction de sa mère quand il lui annonça qu'il allait demander la nationalité française. Sa fille était française. Elle avait elle-même passé plus des deux tiers de sa vie ici. Il voyait bien qu'elle se sentait toujours étrangère, mais tout de même. Américaine à Paris, que serait-elle aujourd'hui de l'autre côté de l'Atlantique ? Rosa avait toujours eu du mal à trouver sa place. Cette réticence remontait sans doute à son enfance dans le Sud. Et depuis toutes ses années en France, son univers se cantonnait aux arrière-cours et aux chambres de bonne. Dorothy et Sam lui avaient maintes fois proposé de déménager dans un vrai studio qu'ils l'aideraient bien sûr à payer. C'était impensable pour elle. Se déraciner une fois encore ? Pour aller où ? Se perdre ailleurs ? Ce petit périmètre germanopratin qui avait vite paru exigu à ses enfants la confortait dans son besoin de sécurité. Viscéralement convaincue que son salut résidait dans le fait de ne pas se confronter au monde extérieur.

Arrivé en France à cinq ans, Sam n'avait aucun souvenir lointain, d'ailleurs. Histoire sans paroles et sans images, sa petite enfance était une ardoise effacée, bien nettoyée, sans aucune trace de craie. Américain ou français, Sam ne s'était jamais posé la question. Ludwig était allemand, Ingrid, suédoise, Jean, américaine, Grada et Antonio, portugais, Julieta, italienne, Joseph venait de La Réunion... Ce cosmopolitisme lui plaisait. Peut-être cela faisait-il écho à cette phrase – sans doute tronquée – de Benjamin Constant, qu'il avait copiée un jour dans l'un de ses carnets : « La variété, c'est la vie ; l'uniformité, c'est la mort. »

C'est en voyageant que Sam avait découvert qu'il était français. Quand on l'interrogeait sur la littérature, la musique, la peinture, ses références étaient naturellement internationales, cependant, dès qu'il s'agissait du quotidien, de la cuisine ou des traditions de *son* pays, ses réponses le ramenaient toutes à la France.

À bien y réfléchir, il ne s'agissait pas pour lui de devenir français, car il l'était déjà de culture et de cœur. Il voulait simplement avoir la nationalité, comme un enfant légitime porte naturellement le nom de ses parents. Il réunit facilement la plupart des papiers, obtint sans mal des témoignages et remplit les formulaires nécessaires. Il ne lui manquait plus que son certificat de naissance, une simple formalité, il lui suffisait d'écrire à l'État de New York, lui avait-on expliqué à l'ambassade. Sans réponse à son courrier, il récidiva quelques mois plus tard sans plus de succès. En désespoir de cause, il demanda à une amie new-yorkaise de se rendre sur place. Ballottée d'un service à l'autre, elle obtint une surprenante réponse. On pouvait lui fournir un certificat de citoyenneté américaine, pas une copie de son acte de naissance. Elle avait insisté poliment auprès de l'agent pour ne pas le braquer. Il avait eu l'air sincèrement embarrassé. La seule chose qu'il pouvait recommander à Sam, c'était de se rapprocher de ses parents. Pourquoi ? Elle n'en sut rien, il ne pouvait rien lui dire de plus.

Après avoir tourné en vain les choses dans tous les sens, Sam se résolut à aller voir sa mère. Étonnée et ravie par cette visite impromptue, en pleine journée, Rosa l'accueillit avec chaleur et lui raconta la dernière lubie de Dorothy, le déjeuner après la messe avec Grada, les dernières nouvelles d'Ingrid et de Jean… Sam ne l'avait jamais vue aussi enjouée, cela rendit sa tâche encore plus difficile. Lorsqu'il demanda son *birth record** à sa mère, son regard pers le transperça. La gorge en feu, elle déglutit sans bruit. Ses mains se joignirent en un geste de supplication et se posèrent sur ses lèvres. Prière de se taire. Ils en avaient parlé maintes fois avec Charly sans trouver comment faire. Et là, elle était seule pour affronter ce jour si redouté que tous leurs scénarios étaient restés inachevés. Elle qui depuis toujours appréhendait la fin de toute chose espéra que son cœur, venant à son secours, allait cesser de battre sur-le-champ. Mais il résonnait à tout rompre dans sa tête, faisant vibrer son corps et trembler tous ses

* « Acte de naissance. »

membres. Elle prit Sam dans ses bras. S'emballant à son tour, le rythme de son cœur se mit à l'unisson de celui de sa mère. Cet éphémère peau à peau les laissa l'un et l'autre sans voix. Elle ouvrit le tiroir du buffet et en sortit un papier tout jauni qu'elle lui tendit sans oser le regarder.

Who Is This? Beneath my Skin

Pourquoi Rosa et Charly ne lui avaient-ils rien dit ? Sam eut beau revenir à la charge les jours suivants, Rosa restait de marbre. Impossible d'aborder le sujet avec elle. Ce papier était et resterait son unique aveu. Au début, il avait cru à une erreur. Comment aurait-il pu naître à Berlin ? Rosa n'était jamais allée en Europe avant leur arrivée à Paris en 1953. Il se ravisa quand il lut trois lignes plus loin que le formulaire mentionnait l'entrée d'un certain Samuel aux États-Unis en janvier 1951 sur un vol de la Scandinavian Airlines. En bas, un gros cachet de l'administration américaine et la signature de Charly. Rien d'autre ! Devant le mutisme de Rosa, Sam décida de s'ouvrir à Dorothy. Elle tomba elle aussi des nues et, à défaut de trouver les mots, le serra fort dans ses bras, en lui disant qu'il était et serait toujours son *frère unique*.

Abasourdi par cette révélation, Sam se mit à ausculter son passé à la recherche du moindre indice, de l'infime détail qui aurait pu lui mettre la puce à l'oreille. Il eut beau chercher, essayer de trouver un mot, un geste, une attitude, quelque chose qui aurait pu l'alerter, rien ne lui vint à l'esprit.

Il fut pris d'un abyssal vertige. Il n'avait plus d'identité. Plus de corps. Sam avait disparu. Et qui était Samuel ? D'où venait-il ? Qui étaient ses parents ? Des Américains ? Des Allemands ? Pourquoi l'avaient-ils abandonné ? Quelle piste suivre ? Et d'où venait cette singulière couleur de peau ? Suspendu à ses interrogations, il se torturait de plus en plus douloureusement en tentant de se débattre. Ce *tremblement de taire* avait englouti ses frêles certitudes et mis à jour une douleur jusque-là insoupçonnée. Il avait besoin de plonger dans cette terre éventrée, cette blessure béante, à la recherche de ses racines. Mais par quel bout prendre les choses ? Savoir qui se cachait sous sa peau était désormais fondamental.

Perlimpinpin

Cela faisait plusieurs mois qu'ils n'avaient pas vu Marie et Nino quand Sam se décida enfin à les appeler. Ils s'étaient laissés happer tous les quatre par leur travail et leurs occupations diverses, et leurs rendez-vous s'étaient peu à peu espacés. Malgré la distance qu'ils avaient prise, leur affection restait intacte et leur attachement était devenu plus profond encore au fil des années. Ils avaient noué les uns et les autres de nouvelles relations, rencontré de nouveaux amis avec lesquels ils partageaient sans doute plus de temps mais, chaque fois qu'ils se retrouvaient tous les quatre, ils avaient la sensation de reprendre la conversation exactement où ils l'avaient laissée.

Bouleversé par ce que lui apprit Sam, Nino se précipita chez ses parents. Étaient-ils au courant ? Et depuis combien de temps ? « *O que é que aconteceu meu filho ?* Que s'est-il passé mon fils ? » demanda Grada avant qu'Antonio les rejoigne. Ils tombèrent tous les deux des nues. Grada et Antonio avaient bien remarqué à la naissance de Dorothy que Sam avait la peau plus claire que sa petite sœur et ses parents, mais personne n'avait jamais parlé d'adoption, ils étaient formels l'un et l'autre. Rosa et Charly avaient toujours été de bons parents, pour leurs deux enfants. S'ils ne s'étaient pas confiés à leurs amis les plus proches, personne d'autre ne devait être au courant. Nino ne voyait pas comment aider son ami, Marie quant à elle consulta sa *bible* dès les jours suivants. Ce gros répertoire, dont la couverture tannée ne tenait plus qu'à un fil et quelques autocollants judicieusement positionnés, était devenu au fur et à mesure des années un outil de connexions sans équivalent. Elle y consignait scrupuleusement les coordonnées de toutes les personnes qu'elle rencontrait. Elle contacta une assistance sociale interviewée une quinzaine d'années auparavant dans le cadre d'un sujet sur les boat people vietnamiens. Elle était à présent retraitée, mais se souvenait parfaitement de cette jeune journaliste engagée. Elles échangèrent un long moment. Marie crut entrevoir une piste quand son interlocutrice évoqua sa mission au sein d'un service dévolu à l'adoption internationale au lendemain de la Seconde Guerre mondiale. Elle regretta cependant de ne pouvoir lui être utile, car Sam n'avait pas été adopté en France.

Qu'importe ! Pour Sam, la recherche de ses origines était devenue vitale. Sur les conseils avisés de Marie, il se plongea dans les archives de la presse. Les dizaines d'articles qu'il trouva sur les Babylift de 1975, les adoptions illégales pendant la guerre du Liban, ou encore les enfants perdus de Kigali, le confrontèrent à une atroce réalité, dont il n'avait pas réellement conscience jusque-là.

Pour couvrir le bruit du métro entrant dans la station, Sam monta le volume de son walkman et, emporté par les paroles de Barbara, se mit à pleurer en silence.

Car un enfant qui pleure,
Qu'il soit de n'importe où,
Est un enfant qui pleure,
Car un enfant qui meurt
Au bout de vos fusils
Est un enfant qui meurt
Que c'est abominable d'avoir à choisir
Entre deux innocences !
Que c'est abominable d'avoir pour ennemis
Les rires de l'enfance !

Café Müller

Cela faisait plus de quatre ans que Sam menait ses propres recherches, épaulé par Marie remuant ciel et terre à Paris et par Anna qui fouillait dans les archives berlinoises. Il avait la sensation de ne pas avancer, ou si peu. Mais loin de se résoudre à abandonner, il empruntait toute nouvelle piste s'offrant à lui, aussi improbable fût-elle. Aucune ne s'avérant en mesure de l'éclairer sur son propre parcours, il en ressortait chaque fois secoué. Aucun livre d'histoire, aucun dossier déclassifié ne lui apporterait d'éclairage sur ses origines. Son champ d'investigation s'étendait à perte de vue sous un ciel d'orage. D'impasse en impasse, Sam se heurtait à l'inimaginable cruauté des hommes et à l'insondable mystère de son ascendance.

Il fut tout particulièrement frappé par le témoignage d'un sexagénaire sud-africain racontant son parcours. Né à Brême en 1940, cet orphelin de guerre avait été *sélectionné* par une association de bienfaisance et placé dans une famille afrikaner, comme une centaine d'autres petites têtes blondes, pour assurer la pérennité de la race blanche et de la civilisation chrétienne lors de l'instauration de l'Apartheid en 1948. Au fil de ses lectures, Sam acquit l'intime conviction qu'il était lui aussi une victime de guerre, et il était bien décidé à démêler l'écheveau de son histoire. Il se refusait obstinément à rester prisonnier de ce labyrinthe et, à défaut d'indice probant, il continuait à errer dans le dédale de la toile. Bien que cette quête l'épuisât, il s'efforçait de n'en rien laisser paraître. Mais un soir, au théâtre de la Ville, lors d'une représentation de *Café Müller*, il avait été submergé par une émotion si violente qu'il avait perdu connaissance. L'argument de Pina Bausch qui, enfant, pendant la guerre, se cachait sous les tables du café de ses parents pour observer les adultes, n'avait a priori pas de résonance particulière pour lui. Tout comme la tragédie de cette femme évoluant sur le plateau. Pourtant, il n'avait pu la quitter des yeux pendant tout le spectacle. Et quand, après avoir erré tel un spectre à travers le café, elle s'était effondrée, il avait sombré avec elle. L'impact sonore de son corps heurtant le sol l'avait achevé. À bout de souffle, il avait desserré le col de sa chemise, sans aucun résultat. Ludwig, alerté, lui avait saisi la main sans parvenir à le retenir.

Brown Baby

La recherche de ses origines consuma près d'une quinzaine d'années de la vie de Sam. Il avait grandi avec une histoire et, d'un seul coup, il s'était aperçu que ce n'était pas la sienne. Élevé dans la croyance qu'il était un Noir à la peau claire, avec des parents afro-américains, il s'était senti coupé en deux. Comment Rosa et Charly avaient-ils pu imaginer que c'était une bonne chose de ne rien lui dire ? Malgré son incompréhension, Sam ne parvenait pas à leur en vouloir, il était persuadé de leur sincérité, de leur maladresse, de leur incapacité à vouloir lui faire du mal. Sans doute avaient-ils fait ce qu'ils pouvaient. Peut-être même avaient-ils quitté New York à cause de lui ou pour lui ?

Tous ces *peut-être* l'empêchaient de s'inscrire dans une histoire et le plongeaient dans une profonde souffrance. Il ne parvenait plus à échapper à des accès de colère ou des épisodes d'abattement absolu. Cependant, sans l'insistance de Ludwig, il n'aurait jamais consenti à se faire accompagner. Ce travail qui l'aida à mieux vivre lui permit également de découvrir à quel point l'art avait joué pour lui un rôle essentiel, auquel il n'avait peut-être pas accordé suffisamment d'importance. De nombreuses œuvres plastiques, musicales ou littéraires avaient agi sur lui comme le révélateur d'émotions jusque-là invisibles, enfouies.

Loin de lui permettre de réunir les pièces éparpillées d'un puzzle, ces années de recherche avaient été marquées par une succession aléatoire de pistes s'étant avérées les unes après les autres sans issue. Malgré tous ses efforts, son seul indice, le fameux vol de la Scandinavian Airlines de janvier 1951, n'avait rien donné jusqu'à la découverte fortuite faite par Anna.

Une après-midi, alors qu'elle attendait un ami dans un bar, son regard s'était posé sur l'une des couvertures de magazines tapissant les murs. Elle s'était levée pour la voir de plus près. C'était un numéro du *Spiegel* qui datait de l'année précédente. Sous le titre *Mischlingskinder Story,* une vieille photo en noir et blanc de deux enfants métis l'avait intriguée. Elle avait soigneusement noté les références et s'était rendue dès le lendemain au *Pressarchiv*. À peine avait-elle fini de lire l'article qu'elle avait eu l'intuition de tenir bien plus que son nouveau sujet. Elle avait demandé à l'archiviste de rechercher tous les articles correspondant aux quelques mots-clés qu'elle avait repérés dans ce papier. Il n'en avait trouvé que trois. Un portrait du *New York Times* sur Mabel Grammer avait particulièrement attiré son attention. Elle qui travaillait depuis si longtemps sur les *enfants de guerre* n'avait jamais entendu parler de cette héroïne ni du *Brown Baby Plan*. Happée par sa lecture, Anna avait avalé les lignes jusqu'au moment où elle était tombée sur une phrase qu'elle n'avait pu s'empêcher de lire et de relire. Elle avait la certitude d'avoir enfin trouvé une porte d'entrée pour Sam.

Impatiente de partager sa découverte avec lui, Anna était avant tout préoccupée par la forme de sa révélation. Comment, après tant d'années, encaisser de telles révélations sans s'effondrer ? Quoi qu'il en soit, elle se sentait le devoir de partager avec Sam ces informations qui, elle en était persuadée, avaient un lien direct avec son histoire. Elle prit un grand verre d'eau, s'assit à son bureau, étala devant elle les articles qu'elle avait dûment surlignés, prit trois grandes inspirations, puis composa le numéro de portable de Sam.

Elle n'arrivait pas à se lancer. La question, ou plutôt l'exclamation, vint de Sam : « Tu as trouvé quelque chose ! » Elle rebondit aussitôt en commençant par lui expliquer ce qui lui avait mis la puce à l'oreille, ces fameux vols de la Scandinavian Airlines, comme sur le document que lui avait remis Rosa. Elle avait découvert que dans les années 1950, à la demande d'une journaliste afro-américaine, une certaine Mabel Grammer, cette compagnie avait transporté des enfants vers les États-Unis. Anna se racla la gorge avant de continuer : « C'étaient des *Brown Babies*, des *Mischlingskinder*. »

Elle enchaîna d'un trait en lisant une phrase :

– « C'est un terme péjoratif qui désignait les enfants métis nés de femmes allemandes et de soldats afro-américains pendant les années d'occupation en Allemagne, après la Seconde Guerre mondiale. On dit que Mabel Grammer a sauvé des centaines de bébés des orphelinats allemands. »

Entendant un bruit sourd à l'autre bout du fil, elle s'interrompit. Ludwig ramassa le livre que Sam venait de faire tomber en se levant brusquement :

– Des orphelins ?

– Pas vraiment ! Nés de G.I. afro-américains et de femmes allemandes, ils ont subi une double peine, celle de l'Amérique Jim Crow et celle de l'Allemagne nazie. Leurs pères avaient enfreint les lois en nouant des relations avec des femmes, qui plus est, des femmes blanches. L'armée américaine rejetait toute revendication de paternité faite par des mères allemandes et interdisait aux soldats noirs d'épouser leur petite amie blanche. Afin de limiter les risques, elle envoyait ces soldats vers d'autres bases.

– Et les mères ?

– Les mères qui voulaient garder leur enfant étaient stigmatisées et subissaient de nombreuses pressions sociales. On leur refusait emploi, logement et souvent cartes de rationnement. Elles se retrouvaient alors dans l'incapacité de nourrir leurs bébés ou de se nourrir elles-mêmes. Pour les Allemands, la présence de ces enfants à moitié noirs était aussi un rappel d'une nation vaincue.

Sam demanda d'une voix blanche :

– Ils n'étaient pas orphelins, alors ?

Elle s'arrêta net. Elle avait sous les yeux, le mot *negerhueren*, « putes noires », le terme dont certains Allemands affublaient ces femmes.

– Le gouvernement allemand encourageait ces mères à abandonner leurs enfants. Seules et appauvries dans un pays dévasté par la guerre, elles n'avaient souvent pas d'autre choix que de les confier à un orphelinat.

– Et quel est le rapport avec la Scandinavian Airlines ?

– J'y viens. Mabel Grammer, qui avait suivi son mari stationné à Mannheim pour l'armée américaine, a découvert ces enfants en visitant un orphelinat. Elle a rédigé des articles pour *The Afro-American*, un journal de Baltimore, alertant sur leur situation désastreuse et demandant aux familles noires de se porter volontaires pour les adopter. D'autres publications ont repris ses papiers, et la nouvelle a commencé à se répandre. Mabel Grammer a réussi à se frayer un chemin à travers la bureaucratie. Elle est parvenue à faire adopter des enfants par des familles noires de l'armée basées en Allemagne et à organiser des adoptions pour des couples afro-américains. Elle a aussi convaincu la Scandinavian Airlines de faire voyager les enfants vers leurs nouveaux domiciles aux États-Unis. Grâce à elle, plus de cinq cents enfants ont été adoptés.

Anna s'arrêta, épuisée. À l'autre bout du fil, le malaise était palpable. Sam, muet, tournait en rond dans la pièce.

L'Image manquante

Après des années d'errance, Sam avait enfin la sensation de parcourir le chemin vers son enfance. La rapidité avec laquelle les choses s'enchaînaient le grisait tout autant qu'elle l'effrayait. Aussi nerveux le jour que la nuit, il marchait inlassablement dans Paris à la recherche d'un peu d'oubli. Les seuls moments où l'angoisse semblait relâcher légèrement son étreinte, c'est quand, allongé sur le grand canapé du salon, il se laissait bercer par la voix de Ludwig lui faisant la lecture.

Huit mois après leur dernier échange, la généalogiste que Sam avait contacté lui annonça qu'elle avait retrouvé la trace de sa mère biologique.

Avant son départ pour Berlin, Sam rendit visite à Rosa. Les rares fois où il avait tenté de lui parler de ses doutes et de sa quête, elle n'avait rien dit. Peut-être n'avait-elle pas trouvé les mots. Lui-même avait eu du mal à s'exprimer. Cette fois encore, il n'était pas sûr de savoir comment dire les choses, il voulait simplement la rassurer, *she'd always be his mom*.

Ludwig et Sam se rendirent directement de l'aéroport chez Solveig, la sœur biologique de Sam avec laquelle ils avaient échangé au téléphone. Elle leur serra chaleureusement la main et les invita à s'asseoir. Tout en leur proposant un café, elle ramassa la série de Polaroïds aux marges blanches noircies de textes qui recouvraient le plateau et les posa à l'autre extrémité de la longue table.

Solveig tentait de mettre Sam à l'aise. Il parlait de son travail de traducteur, quand il vit un grand sourire se dessiner sur le visage de sa sœur. Il n'eut pas le temps de se retourner. Il sentit une main sur son épaule. Il ferma instinctivement les yeux. Son corps se raidit. Sa gorge se serra. Il voulut inspirer profondément sans y parvenir vraiment. Il se leva, chancelant, et se tourna vers *elle*. Elle recula d'un pas pour mieux le voir. Il lui parut immense. Lui ne s'était jamais senti aussi petit. Elle ouvrit les bras. Il fit le dernier pas qui les séparait. Elle posa sa tête contre sa poitrine. Leurs bras se refermèrent autour du corps de l'autre.

I'll Be Seeing You

« Je suis née à Dessau en 1925, six ans après mon frère. Nos parents étaient enseignants au Bauhaus. Quand les nazis ont fermé l'école, nous sommes partis à Berlin. Mon père a enchaîné les petits boulots, avant d'être enrôlé dans une usine d'armement. En 1941, mon frère a été emporté par le typhus. Il avait vingt-deux ans. Ma mère, inconsolable, l'a suivi quelques mois plus tard. En février 1945, l'usine dans laquelle travaillait mon père a été bombardée, il n'y a eu aucun survivant. »

Sonja marqua un temps avant de reprendre, les yeux dans le vague.

« À la fin de la guerre, tout était détruit. C'était un véritable chaos. J'avais trouvé refuge dans la cave d'un immeuble bombardé. Je passais mes journées à déblayer les ruines, comme des milliers de *Trümmerfrauen,* des "femmes des ruines". C'était épuisant, je finissais souvent les mains en sang, mais ça me donnait droit à une plus grande ration de nourriture.

Au bout d'un an environ, j'ai décroché un emploi de serveuse dans une brasserie. C'est là que j'ai rencontré le major Johnson, qui m'a embauchée comme interprète de l'armée américaine car il trouvait que je me débrouillais bien en anglais. Du jour au lendemain, ma vie a changé. J'ai commencé à sortir, à fréquenter les clubs de jazz. Un soir, une amie m'a entraînée au Blues Angel. On a dansé un bon moment ; les cavaliers ne manquaient pas. Quand la musique s'est arrêtée, on s'est installées à une table près de la scène. Je m'en souviens comme si c'était hier. Le beau G.I. avec lequel j'avais dansé une bonne partie de la soirée s'est assis au piano. Dès les premières notes de *I'll Be Seeing You,* j'ai chaviré. Il ne jouait que pour moi. »

Sonja s'arrêta un instant pour prendre une grande gorgée d'eau. Les mains tremblantes, elle sortit d'une petite enveloppe blanche une photographie en noir et blanc et la tendit à Sam. Sur le cliché parfaitement conservé, deux jeunes G.I. posaient, un grand sourire aux lèvres devant la porte de Brandebourg. Il n'y avait aucun doute, Sam était le *portrait craché* de son père.

Après un long silence, elle reprit son récit d'une voix sourde. « Quand le major Johnson a appris que je *fréquentais* Samuel Davis, il m'a aussitôt remerciée et Samuel a été envoyé ailleurs du jour au lendemain. Un mois plus tard, j'ai découvert que j'étais enceinte. J'aurais voulu lui annoncer la nouvelle, la partager avec lui. J'ai remué ciel et terre pour savoir où il était. J'ai interrogé mes contacts dans l'armée américaine, sans dire pourquoi je le cherchais. Mais personne ne savait rien ou ne me dit rien.

Pendant des mois, chaque jour, j'ai espéré une lettre de lui, puis j'ai fini par perdre espoir. Trois mois à peine après ta naissance, mes colocataires m'ont jetée dehors et j'ai eu un mal fou à retrouver un logement. La pression était terrible, les autorités obligeaient les mères comme moi à confier leurs enfants à des foyers d'accueil, mais j'ai tenu bon. Aucun employeur ne voulait de moi. Finalement, le patron d'une brasserie, chez qui j'avais été serveuse, m'a embauchée. J'entends encore ses mots : “Je te prends comme femme de ménage. Estime-toi heureuse. Tu ne mérites pas mieux !” Comme je venais très tôt avant l'ouverture, je t'emmenais avec moi. »

Il était déjà tard quand, la voix presque éteinte et tentant de retenir ses larmes, Sonja résuma en quelques mots, incapable de plus, l'impensable.

« J'ai mis du temps à comprendre que c'était mon patron qui avait tout manigancé, que c'était lui qui leur avait ouvert la porte. Mais lui seul connaissait mes horaires. Lui seul savait que je venais travailler avec toi. Quand les deux hommes de l'orphelinat sont entrés dans la grande salle, tu t'es réfugié sous une table. J'espérais qu'ils ne te verraient pas. Mais ils sont allés droit vers toi en renversant des chaises. Je les ai suppliés, implorés. Je me suis jetée à leur cou. Ils m'ont repoussée et jetée à terre avant de t'emporter. Ils m'ont arraché le cœur. »

Les Archives du cœur

Samuel devait aller sur ses quatre-vingt-dix ans, il était peut-être déjà mort. Le récit de Sonja dirigea Sam jusqu'en Corée, où bon nombre de soldats afro-américains avaient été envoyés après leur *inconduite* berlinoise. Il apprit grâce à la base de données de l'armée américaine que, un an plus tard, l'armée l'avait affecté à Okinawa, où il avait manifestement décidé de s'installer après sa retraite.

Sam consulta alors le *Japan Times* – organe de presse très prisé par la communauté américaine de l'île. Plusieurs articles mentionnaient le nom de son père. Samuel et son trio de jazz avaient acquis une certaine notoriété et se produisaient régulièrement un peu partout dans l'île. Sam s'arrêta sur un article consacré aux *Archives du cœur* de Christian Boltanski. Il avait entendu parler de cette œuvre pour laquelle l'artiste français avait réalisé près de vingt mille enregistrements de battements de cœur dans le monde entier, mais il ignorait qu'il avait fait escale à Okinawa. Le fol espoir que cette piste allait le mener jusqu'à son père le ragaillardit. Il commença aussitôt à éplucher le registre des enregistrements.

Le 29 février, insolite cadeau pour son soixante-huitième anniversaire, Sam trouva enfin son nom. Six semaines plus tard, il partait pour le Japon et s'embarquait pour Teshima, l'île abritant *Les Archives du cœur*.

Arrivé à Ieura, Sam laissa les touristes sortir du bateau et s'engouffrer dans un bus. Il préférait marcher, seul, à son rythme. Il avait repéré l'itinéraire sur une carte. Il emprunta la petite route qui partait vers l'est. La mer lui indiquerait quand bifurquer vers le sud. Malgré le faible relief, il était essoufflé. Arrivé au port de pêche de Karato, il ne put s'empêcher de s'arrêter pour admirer les ancres, les bouées et les filets harmonieusement rangés sur les quais. Il reprit son chemin. Le rythme de son cœur contrastait avec la lenteur de sa marche. Quelques minutes plus tard, il arriva sur la plage. Une petite maison en bois brûlé émergeait de la végétation. Son cœur s'emballa. Il enleva ses chaussures pour marcher sur le sable. Les cent derniers mètres furent les plus difficiles à parcourir. Il prit une grande inspiration avant d'entrer dans la petite maison.

Plongé dans le noir, il s'immobilisa. La puissance sonore des battements était telle qu'il porta ses mains à ses oreilles, avant de se raviser. Une ampoule électrique s'allumait et s'éteignait au rythme des battements, en un perpétuel mouvement entre vie et mort. Au bout de quelques minutes, les battements enregistrés cessèrent tandis que les siens redoublaient. Dans la pièce suivante inondée de lumière, il ne put retenir ses larmes. Il s'assit devant un ordinateur. Mit le casque sur les oreilles. Tapa *Samuel Davis* sur le clavier. Bercé par le battement régulier du cœur de son père, il ferma les yeux. Le sien n'avait jamais battu aussi fort.

Les archives de l'histoire de la protection sociale de l'université du Minnesota font état de quelque 7 000 *Brown Babies* nés entre 1945 et 1955.

La plupart d'entre eux n'ont découvert qu'une fois adultes qu'ils avaient été adoptés.

Pour en savoir plus :
Brown Babies: The Mischlingskinder Story
de Regina Griffin,
www.brownbabiesfilm.com

Selon les estimations de l'UNICEF, en 2023,
460 millions d'enfants vivent dans des zones de conflit
et 43,3 millions ont subi des déplacements forcés.
Ce chiffre, qui a doublé en l'espace d'une décennie, est
le plus élevé jamais enregistré depuis la
Seconde Guerre mondiale.

« À quoi vise l'art, sinon à nous montrer, dans la nature et dans l'esprit hors de nous et en nous, des choses qui ne frappaient pas explicitement nos sens et notre conscience ? Le poète et le romancier qui expriment un état d'âme ne le créent certes pas de toutes pièces ; ils ne seraient pas compris de nous si nous n'observions pas en nous, jusqu'à un certain point, ce qu'ils disent d'autrui. Au fur et à mesure qu'ils nous parlent, des nuances d'émotion et de pensée nous apparaissent qui pouvaient être représentées en nous depuis longtemps mais qui demeuraient invisibles telle l'image photographique qui n'a pas encore été plongée dans le bain où elle se révélera. »

La Pensée et le Mouvant, Henri Bergson, 1934

Titres des chapitres

Impression, soleil levant, Claude Monet
Strange Fruit, Billie Holiday / Abel Meeropol
Rhapsody in Blue, George Gershwin
La Nuit étoilée, Vincent Van Gogh
Sometimes I Feel Like a Motherless Child, Harry Burleigh
La Madone des rues, Roberto Ferruzzi
Stabat Mater, Jean-Baptiste Pergolèse
Le Secret, Auguste Rodin
Ascenseur pour l'échafaud, Miles Davis
L'homme qui marche, Alberto Giacometti
Les Raboteurs de parquet, Gustave Caillebotte
Un bel dì, vedremo, Giacomo Puccini
Lœti et errabundi, Paul Verlaine
Une chambre à soi, Virginia Woolf
Un petit poisson, un petit oiseau, Juliette Gréco / Jean-Max Rivière
L'Ange inconsolable, Dominique Grente et Nicole Müller
I Like Olympia in Black Face, Larry Rivers

I Fall in Love Too Easily, Chet Baker
Le Marin de Gibraltar, Marguerite Duras
Boys Don't Cry, Kimberly Peirce
So What?, Miles Davis
A Great Day in Harlem, Art Kane
Black Is Black, Los Bravos
La Réponse imprévue, René Magritte
I Have a Dream, Martin Luther King
Lost in the Stars, Kurt Weill / Maxwell Anderson
Grândola, Vila Morena, Zeca Afonso
Slave Auction, Jean-Michel Basquiat
Sarabande (Suite pour violoncelle n° 3, BWV 1009),
Jean-Sébastien Bach
Le Cri, Edvard Munch
Lascia ch'io pianga, Georg Friedrich Haendel
Suspicion, Alfred Hitchcock
Capriccio, Richard Strauss
Deux amis, Karl Hofer
Une histoire à soi, Amandine Gay
Who Is This? Beneath my Skin, Desiré Davids
Perlimpinpin, Barbara
Café Müller, Pina Bausch
Brown Baby, Nina Simone
L'Image manquante, Rithy Panh
I'll Be Seeing You, Billie Holiday
Les Archives du cœur, Christian Boltanski

Remerciements

Je remercie du fond du cœur Claudine Serre sans laquelle mes mots n'auraient jamais dépassé les frontières de mes carnets et Corinne Fleury, mon éditrice, pour avoir donné voix aux Brown Babies.

Je remercie également tous ceux qui m'ont éclairée, en français ou dans leur langue maternelle, pour l'écriture de cet ouvrage : Maud Simonnot, Joëlle Écormier, Anne Millet, Divina-Julia Meigs, Bettina et Mariano Asensio, Ilda et Patrice Prioul, Barbara et Christophe Herpers, Laurence Daleau-Gauvin, Hiromi Nakamura et bien sûr mon ami trompettiste Patrick Platel.

Je remercie enfin, la Région Réunion pour l'aide à l'écriture qu'elle m'a accordée.

Dans la même collection

Polyte, Savinien Mérédac, 2018
Sensitive, Shenaz Patel, 2018
Vent d'Est, Gabrielle Wiehe, 2018
Petrusmok, Malcolm de Chazal, 2019
Misère, Davina Ittoo, 2019
Côté cour, côté jardin, Franck Lacorre, 2020
Cette morsure trop vive, Nassuf Djailani, 2021
À la dérobée, Brigitte Masson, 2021
Le Cantique du rasta, Sharon Paul, 2021
Ambatomanga. Le silence et la douleur, Michèle Rakotoson, 2022
Tigann, la traversée d'une femme à contrevent, Melanie Pérès, 2022
Les Guérisseurs, Amarnath Hosany, 2023
Œuvres complètes I, Marcel Cabon, 2024
Œuvres complètes II, Marcel Cabon, 2024
Œuvres complètes III, Marcel Cabon, 2024
Œuvres complètes IV, Marcel Cabon, 2024

Cet ouvrage artisanal a été rendu possible grâce au travail de toute une équipe.

Édition : Corinne Fleury

Relecture : Céline Derouet

Composition : Lifetime Achievement Studios

Achevé s'imprimer sur Munken Print Cream PEFC™ pour l'intérieur
et Diva Art PEFC™ pour la couverture en avril 2024
par Dupliprint, Mayenne en France.

Lorsque vous aurez lu ce livre 99 fois, offrez-lui une nouvelle vie en vous rapprochant d'une bibliothèque ou d'une association.

Pensez au recyclage. Le papier recyclé préserve nos forêts.

PEFC 10-31-1316

N° d'impression : 2990594K

Dépôt légal : mai 2024, Île Maurice/ août 2024, France